生徒会の月末

碧陽学園生徒会黙示録2

葵せきな

ファンタジア文庫

1582

口絵・本文イラスト　狗神煌

生徒会の月末

碧陽学園生徒会黙示録2

こくばん

生徒会長
桜野《さくらの》くりむ

三年生。見た目・言動・思考・生き様、すべてがお子さまレベルという、特定の人々にとっては奇跡的な存在。何事にも必要以上に一生懸命。

副会長
杉崎《すぎさき》鍵《けん》

学業優秀による『特待枠』で生徒会入りした異例の存在。黒一点の二年生。エロ…もとい、ギャルゲ大好きで、生徒会メンバーの全攻略を狙う。

書記
紅葉《あかば》知弦《ちづる》

くりむのクラスメイトで、クールでありながら優しさも持ち合わせている大人の女性。生徒会における参謀的地位だが、激しくサドな体質。

副会長
椎名《しいな》深夏《みなつ》

鍵のクラスメイトで、漢と書いておとこと読む、熱い性格の持ち主。男性を嫌っており、女子人気が高い。髪をほどくと美少女度が倍増する。

会計
椎名《しいな》真冬《まふゆ》

深夏の妹で一年生。当初ははかなげな美少女だったが、徐々に頭角をあらわし、今や取り返しのつかないことに。男性が苦手だが、鍵は平気。

出入り口

これが生徒会室の配置よ!

「この回で、遂にドラマガは生徒会のものとなったのよ!」

by 会長

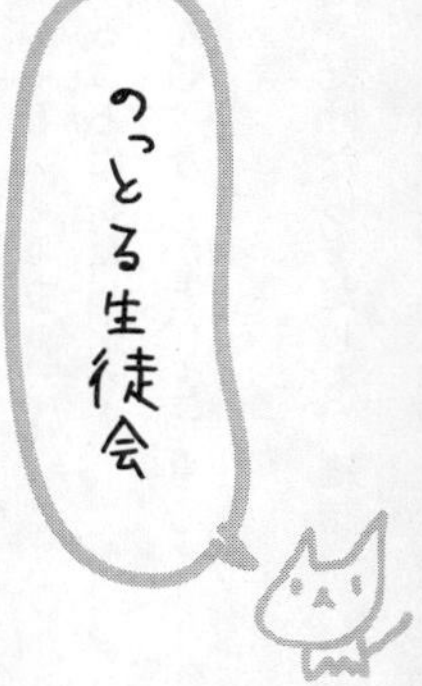

【のっとる生徒会】

「何かを得るためには、時に強引なアプローチも必要なのよ！」

会長がいつものように小さな胸を張ってなにかの本の受け売りを偉《えら》そうに語っていた。

俺《おれ》は「そうですよね！」と同意する。

「つまり、女の子をゲットしようと思ったら、バンバンナンパなり合コンなりすべきってことですよね！」

「ぐ……。いやな解釈《かいしゃく》だけど、まあ、そういうことよ。自分から動かなきゃ、周囲の世界は変わらないのよ」

「会長さんや鍵《けん》は世界を引っ掻《か》き回しすぎだけどな」

俺の隣《となり》で深夏《みなつ》がジトッとした視線を俺達《たち》に向けていた。会長はこほんと咳払《せきばら》いする。

「とにかく、そんなわけで、またドラゴンマガジンにお邪魔《じゃま》することにしたわ！」

「ま、またですか。真冬《まふゆ》は、富士見《ふじみ》書房《しょぼう》さんにご迷惑《めいわく》かけてるんじゃないかと、とても心配ですよ……」

真冬ちゃんが不安そうに呟《つぶや》く。確かに俺達、自分達の本を出すだけならまだしも、雑誌にまで短編を掲載《けいさい》してもらったりと、富士見書房さんには世話になりっぱなしだ。

しかし会長は「ふっふーん」と胸を張っていた。

「いいのよ。ギブ&テイクの関係なんだから」

「なにかギブしてましたっけ、俺達」

「……この前、編集部にお菓子《かし》差し入れしたよ」

随分《ずいぶん》と安いギブだった。会長は焦《あせ》ったように「それはいいの！」と仕切る。良くないと思うが……。

「とにかく、ドラゴンマガジンにまた載《の》るの！」

「はいはい。分かりましたよ。じゃあ、またこの会議の様子でも執筆《しっぴつ》して、提出すればいいんですよね。じゃ、そういうことで、後は俺がやっときますんで」

俺は嘆息《たんそく》しつつ、ノートパソコンを開く。もう、ここ最近執筆に関しては文句を言わないようにしている。言っても無駄《むだ》だし、なにより、ここでごねて時間食う方が余計に色んな人に迷惑かける。富士見書房さんが許可してるんだったら、別にいい。

知弦《ちづる》さんが、「大人《おとな》になったわね、キー君」と俺を評価してくれていた。俺は肩をこきこきと鳴らしながら苦笑《にがわら》いする。

「こういう学習はしたくなかったですけどね」

「将来作家になったら？」

「お、それは名案ですね、知弦さん。印税でウハウハしていれば、ハーレムでゆっくりする時間も増えるわけだし……」

「ちなみに、キー君、この生徒会のこと以外……空想で何か書けるの？」

「勿論《もちろん》です！　主人公がモテモテのラブコメならいくらでも！」

「……ああ、そう」

「なんでそんな哀《あわ》れんだ目で見《み》るんですかっ！」

「いえ、別にいいんじゃないかしら。人って、自分と対極の人間を理想とするところあらしいし……」

「どういう意味ですかっ！」

「キー君なら、いい妄想《もうそう》……じゃなくて、ラブコメを書けるということよ」

「ああ、なんか褒《ほ》められてるのに胸が痛い！」

そんなやりとりをしながらも、執筆の準備のためワードを起《た》ちあげる。

——と、そこで会長が「へっへーん」と、唐突《とうとつ》に再び胸を張った。全員、首を傾《かし》げる。

「えと……会長？」

「ふっふっふ……甘《あま》いね、杉崎《すぎさき》。私《わたし》が、そんな毎回、変化の無い仕事ばっかり貰《もら》ってくる

「へ？　ええと……それはどういう？　執筆しなくていいってことッスか？」

と思ってるの？」

「それはしてもらうよ、いつも通り」

やるらしい。……残念。

会長はそこで俺だけじゃなく全員の顔を見渡《みわた》すと、ホワイトボードに向き直り、素早く、そして大きく文字《もじ》を書き始めた。それを全員で見守《みまも》り……そして、その意図が分かったところで、全員で一斉《いっせい》に『げ』と呟く。

会長は、全《すべ》てを記し終えると、満面の笑みでこちらを振《ふ》り返った。

「と、いうわけよ！　どう？　凄《すご》いでしょ！」

『…………』

黙《だま》りこむ。知弦さんは額に手をやり、椎名《しいな》姉妹はぽかーんとしてしまっていた。

俺は、ホワイトボードに書かれたそのあまりにアレな企画《きかく》を読み上げる。

「生徒会……表紙進出ぅ？」

「そう！」

嬉《うれ》しそうな会長の声。皆《みな》が呆然《ぼうぜん》とする中、説明は続く。

「ドラゴンマガジンの表紙になるのよ、私達！」

「あの……ど、どうしてですか？」

真冬ちゃんが、おろおろとしながら訊《たず》ねる。会長は、胸を張って答えた。

「私が圧力かけたから！」

『えぇー』

「うふふふふ。ほらほら、皆、褒《ほ》め称《たた》えていいんだよ、私を。凄いでしょ。表紙枠《わく》奪ってくるなんて！」

『…………』

富士見書房……大丈夫《だいじょうぶ》なのだろうか。これが原因で傾《かたむ》いたりしないだろうな？

「お菓子で釣《つ》ったり、泣き真似したりしたら、あのお人よし編集部の大人達、簡単にオチたわ！」

「なに腹黒《はらぐろ》いことしてるんですかっ！」

子供が駄々《だだ》こねたら、親がおもちゃ買ってくれた、みたいな構図らしい。……だ、大丈夫か、富士見書房！

「ドラゴンマガジンだって、私達が表紙になれば売り上げ倍増につぐ倍増、その号だけ二億部突破《とっぱ》も夢じゃないから、いいのよ」

「そんなサクッと日本の人口超《こ》えた売り上げ誇《ほこ》ってたまりますかっ！」

「そんなわけだから、今日は、主に表紙の構図を話し合おうと思うわ」

「構図まで俺達で決めちゃっていいんですか？」

「うん。上目遣《うわめづか》いで『おねがい……』って言ったら、偉い人が『ＯＫ！』って」

「ロリがいるぞぉ――――！　編集部にロリコンがいらっしゃるぞぉー！」

俺ととても話が合いそうだった。……まあ、それはいい。

正直新しい面倒《めんどう》ごとに頭痛はしまくっているが、決まってしまったものは仕方ない。俺達は、表紙をどうするか話し合うことにした。

まず会長が、自分の意見を告げる。

「とにかく、インパクトよ、インパクト！　どーんと！」

「どーん、ですか」

「うん、『どーん』！」

分かんねぇよ。俺が頭を抱《かか》えていると、どうも「どーん」のワードで乗り気になったらしい深夏が、「はいはーい！」と手を挙げた。

「なに？　深夏」

「インパクト重視だってんなら、やっぱり、戦闘《せんとう》シーンじゃねえかな！」

「戦闘？　例えば？」

会長が訊《たず》ねると、深夏はちらりとこちらを見た。

「あたしが、群がる鍵をなぎ倒《たお》している構図とか」

「俺、激しく雑魚扱《ざこあつか》いかよ！」

「ドラマガの表紙見たヤツは、『お、面白《おもしろ》そうな話だな』って思うだろ」

「思わねぇよ！　クローン技術とドメスティックバイオレンスの匂《にお》いがするだけだよ！」

「じゃあ、鍵は一体でいいよ。一体の鍵を、生徒会全員でボッコボコにしてる構図で」

「いじめの話っぽいな！」

「じゃあ、鍵が黒マントを広げている背景に向かって、あたし達《たち》が強い眼差《まなざ》しを向けているっつうのは……」

「どうでもいいけど、なんで俺だけいっつも敵サイドなんだよ！」

「この物語を的確に顕《あらわ》してるじゃねえか」

「そんなこと言うな――――！」

酷《ひど》かった。いじめだ、いじめ。これをいじめと言わずして、なんと言う。

俺がボロボロに傷ついていると、会長は「ふむ」と頷《うなず》いていた。

「じゃあ、まずそれが第一案《だいいちあん》ね……」

キュッキュとホワイトボードに『VS杉崎構図』と書かれる。……候補に入っちゃうんだ、それ……。

「じゃ、他に案ある人ー」

会長が仕切り直す。すると、真冬ちゃんが手を挙げた。会長が「はい、真冬ちゃん」と指すと、彼女は笑顔《えがお》で提案してくる。

「杉崎先輩《せんぱい》と美少年が見つめ合っている周囲を、お花で彩《いろど》るのがいいと思います！」

「よくねぇよ！　もう、なんかドラゴンマガジンじゃなくなってるよ！　昔からの読者さんに『ドラマガ……変わっちまったな』と言われること請《う》け合いだよ！」

「新しい読者を獲得《かくとく》しようと思います」

「その層《そう》ゲットしてどうすんだよ！　そもそも、俺達の物語からしてそういうんじゃないから、詐欺《さぎ》だろう！」

「じゃ、今月号からドラマガは、全体的にそんな作品ばっかりにします」

「なんで俺達の一存でドラマガの在り様自体変えてんの!?　再《さい》リニューアル!?　表紙の範《はん》疇《ちゅう》を超えてるよ、もう！」

「……第二案、『杉崎BL構図』……と」

「それも候補になるんだ！」

会長がキュッキュとホワイトボードに書いてしまっていた。……うぅ。なんかどんどん俺にとって不本意な表紙案が積みあがっていく。

ここらで、俺は手を打っておくことにした。

「ちょっと待って下《くだ》さいよ。そもそもこれ、ドラマガの表紙の話でしょう？」

「ん？　なによ杉崎。なんか不満あるの？」

「ありますよ。俺達の本……文庫の表紙の話だってんならまだしも、ドラマガの表紙だっていうなら、別に俺達の物語を宣伝するのが目的じゃないでしょう」

「どういうこと？」

「つまり、いくら枠《わく》を貰ったと言っても生徒会が全《すべ》てじゃないってことです。雑誌の表紙なんだから、題材は俺達でも、その雑誌らしくないと……」

「らしく？」

会長が首を傾げる。俺の隣では深夏が「ドラマガらしいって言うと……」と腕《うで》を組んで考え込《こ》んでいた。

「やっぱりバトルだろ、バトル」

「それだと流石《さすが》に俺達と関連なさすぎだろう」

「でも、それじゃあドラマがらしさって、どうやって出すんだよ」

「それは……」

そう言われると、俺も弱い。

知弦さんが髪《かみ》をいじりながら俺を見る。

「キー君の言うことも分かるわよ。でも、そもそもドラゴンマガジン掲載作品って結構バラエティに富んでいるし、歴代の表紙もそんなに統一した構図というわけでもないのだから、気にしすぎなくてもいいんじゃないかしら。私達らしいのでいいんじゃない？」

「ぐ……」

まずい。このままじゃ、俺が不遇《ふぐう》な扱《あつか》いを受ける表紙になってしまう。

俺は食い下がった。

「で、でも、ドラマガらしいに越《こ》したことはないでしょう！」

「それはそうだけど……。キー君、何かいい案でもあるの？」

「……え、ええ。まあ」

目を逸《そ》らしながら、脳みそフル回転。考えろ、俺！

全員がジトッとした目で俺を見つめる中、俺は表面上だけでも自信満々な態度で振る舞《ふま》う。弱気《よわき》になったら負けだっ！

「例えば……そう、深夏が竜《りゅう》の刺青《いれずみ》入れたセクシーな背中を晒《さら》す表紙とかっ！」

「むしろ史上最《もっと》もドラマガらしくないわっ！」

深夏の猛反発《もうはんぱつ》を受けた。く、諦《あきら》めるものかっ！

「真冬ちゃんがドラゴン型生命体の触手《しょくしゅ》に搦《から》めとられて、恍惚《こうこつ》とした表情していたり！」

「真冬はそんなエロティックな表紙デビューしたくないですよ！」

「知弦さんがドラゴンに靴《くつ》を舐《な》めさせていたり」

「それはむしろドラマガを侮辱《ぶじょく》しまくってないかしら」

「会長がドラゴンにぺろりと食べられて、お腹《なか》の中にいたり……」

「もう表紙にはドラゴンしかいないじゃない！」

く……駄目《だめ》か。ドラゴン出演形式では、どうも賛同を得られないようだ。

ならばっ！

「リナ＝インバースが竜破斬撃つ瞬間《しゅんかん》でいいんじゃないでしょうか！」

「凄《すご》くドラマガらしいけど見事《みごと》なまでに生徒会無関係だよ！」

会長が反論してくる。くそ、負けるものかっ！

「折角《せっかく》だから、ス○ーカーのレンタ○マギカに任せましょうよ！」

「あまりに画期的すぎるよ、その試み！　そしてドラマガらしさ一切なくなったよ！」

「じゃあ、白紙でいいですよ、白紙で！　斬新《ざんしん》！」

「それのどこが『らしい』のよ！」

「なんなら、表紙に短編書いてもいいですよ、俺。文字表紙」

「よくそんな次から次へと斬新すぎてアレな発想が出てくるわね！」

「むしろ表紙なし！」

「いきなり一ページ目⁉」

「『真のドラゴンマガジンの表紙は、キミの心の中に……』」

「キャッチコピー考えなくていいよ！　そんな企画やらないから！」

「QRコード貼《は》っておきましょうか。有料エロ画像サイトにジャンプするやつ」

「なんで読者に罠《わな》仕《し》掛《か》けるのよ！」

「そうやって皆、大人になるんです」

「そんな成長過程は間違《まち》っ《が》ているよ！」

「じゃあ、他のレーベルのHPにジャンプさせますか」

「なんでそんな歪《ゆが》んだライバル関係築かせようとしてんのよ！」

「これが、世に言う『第一次ラノベ表紙戦争』の始まりだった……」

「そんな不毛な戦いにはどのレーベルも参加しないよ！」

「く……これだけ画期的な表紙アイデアを並べ立てても折れないとは……。どこまで強情なんですかっ、会長！」

「どう考えても譲《ゆず》るわけにはいかないでしょう！」

くそ、言い負かされてしまった。もうこれといったアイデアも思いつかず、俺は黙《だま》り込《こ》んでしまう。会長は勿論、椎名姉妹と知弦さんも俺を冷たい目で見ていた。……うぅ、まずい。まずいぞ、これは。

俺が黙り込んだところで、会長が会議を仕切り直した。

「じゃ、杉崎の案は全面的に却下《きゃっか》して。知弦は、なにか表紙案ある？」

「そうねぇ」

知弦さんは目をスッと細め、俺を一瞥《いちべつ》した。……いやな予感。

「キー君以外のメンバー総出演、なんていいんじゃないかしら」

「ちょ――」

「出ました、最有力候補！」

「ええっ⁉」

会長が笑顔でホワイトボードに「杉崎排除《はいじょ》」と記す。しかも、赤マジックを持ち出して二重丸で囲《かこ》みやがりました。……泣きたい。なにげに、今までで一番辛《つら》いよ、その構図。

地味にイヤだ。イヤすぎる。

調子づいた会長は、更《さら》に会議を進める。

「むしろ、ドラゴンのきぐるみ着た杉崎に一人《ひとり》で表紙飾《かざ》らせるというのもアリね」

「辱め⁉」

「鍵が女にフられたシーンを盗撮《とうさつ》してのっけるのもアリだな」

「写真週刊誌⁉」

「真冬は先輩と美少年のキスシーンがいいです」

「真冬ちゃんの意見だけイヤに一貫《いっかん》してるよねぇ！」

「キー君のアップの顔写真で、目に黒線がいいと思うわ」

「犯罪者扱《あつか》い⁉　そして犯罪者が表紙⁉　っていうか、あんたら本当にそれでいいと思ってるのか！」

『う』

俺の的を射た反論に、全員の表情が引きつる。どうやら、暴走しすぎな現状に気付いたらしい。

会長がこほんと可愛《かわい》らしく咳払いをした。

「ちょ、ちょっとオーバーランしたけど。気を取り直して」

「そうです。ちゃんとマトモなものを――」

「杉崎を弾圧《だんあつ》するという方向性で、他にいい案ある人ー」

「とにかくまずそのテーマを変えろぉぉぉぉぉおおお！」

俺の必死の叫《さけ》びに、会長は「しょうがないわねぇ」とようやく折れた。

「じゃ、テーマも方向性も自由でいいから、構図を考えよー」

ようやく、まともな会議が始まる。

俺がホッと胸を撫《な》で下ろしていると、真冬ちゃんが顎《あご》に人差し指を当てながら提案する。

「単純に、五人揃《そろ》った立ち絵とかどうです？　定番ですけど」

その発言に、俺はすぐさま「いいねっ！」と乗っかる。

「俺を中心に、メンバーが俺を取り合うような構図で――」

「あ、先輩。五人っていうのは、会長さん、紅葉《あかば》先輩、お姉ちゃん、真冬、真儀瑠《まぎる》先生の五人です」

「遂《つい》に俺レギュラーでさえなくなった！」

酷い。椅子《いす》の上に体育座りでシクシクと泣く。

知弦さんが真冬ちゃんの意見を吟味《ぎんみ》していた。

「定番だからこそ、安定感のある構成ね。大きくはずすことはないでしょう」

「ですよね」

「でも、歴代の表紙を見れば分かると思うけど、あんまり人数多いとインパクト無くなっちゃう部分もあるわ。一人《ひとり》〜二人《ふたり》ぐらいの人間が、アップで写っている構図が、ベターなんじゃないかしら」

「確かにそうですね。五人はやっぱり多いですよね……」

「なくはないんだけどね」

「でも、そうなると……」

真冬ちゃんが困った顔をしたところで、深夏が言葉を引き継《つ》ぐ。

「ああ、誰が表紙になるかってことだな、問題は」

「そんなの私に決まってるじゃない！」

会長が「えへん」と胸を張る。……まあ、妥当《だとう》っちゃ妥当だけど。

しかし俺達役員は総じて不満顔だった。

「アカちゃん単体表紙ね……。なんか妙《みょう》に納得いかないものがあるわね」

「なんでよ！　普通に考えれば会長が代表でいいじゃない！」

「会長さん、ちっこいから、一人じゃ余白多いだろうし」

「アップで描いて貰えばいいだけの話じゃない！　どこまで小さい認識なのよ！」

「美少年分が足りないんですよね……会長さん表紙は」

「生徒会には元々無いよ、そんな成分！」

「ここは俺単体で行くしかないか……」

「最も華《はな》が無い選択肢《せんたくし》でしょう！」

会長は大声で反論し、そして、「じゃあいいわよ」と拗《す》ねた。

「そんなに言うんなら、誰が、どういう構図なら文句ないのよ」

「そうですねぇ……」

俺達はそれぞれ黙考《もっこう》する。

最初に深夏が「やっぱりさ」と切り出した。

「会長さんは最初インパクト重視って言ってただろ？　となれば、ここはあたしが表紙になるべきじゃねーかな。アクティブな構図の方が、勢い出るだろ？」

「く……一理あるわ。で、具体的にはどういうのやりたいのよ」

「髪振《ふ》り乱して包丁持って、鬼気迫《ききせま》る表情でこっち向かって来てるようなのとか」

「怖《こわ》っ！　なまはげ!?」

「立体画像技術で、飛び出して見えるあたしとか」

「思いっきりドラマガに革新起こしているじゃない！　全然ベターじゃない！」

「動くあたし」

「ドラマがどころか出版業界に革命⁉」

「実体化するあたし」

「最早《もはや》科学革命！」

「増殖《ぞうしょく》するあたし」

「リ〇グ、ら〇ん！」

「滅《ほろ》ぶ人類」

「ただの表紙企画でなぜ最終的に人類が滅ぶの！　却下！」

「むー」

深夏がやさぐれていた。……いや、それは当然だろ、おい。

会長がすっかり呆《あき》れている中、今度は真冬ちゃんが手を挙げる。

「真冬も意見――」

「ゲームネタとBL・ネオ〇マネタ以外ならいいわよ」

「…………。……真冬は戦闘不能になりました」

早っ！　いとも簡単にキャラが封《ふう》じられてる！

真冬ちゃんがとぼとぼと生徒会室の隅《すみ》に向かい、いつかのようにいじけ始める。……

色々とアレな子だなぁ、相変わらず。真冬ちゃん。

あまりに可哀想《かわいそう》だったため、仕方なく俺が救いの手を差し伸《の》べる。

「ま、真冬ちゃん。ゲームやBL封じられても、ほら、他にもやりたいこと少しぐらいあるだろう？　真冬ちゃん、多趣味《たしゅみ》だし」

「……ないです。多趣味と言っても、その二つのジャンルに大体集約されちゃいます」

「あ、テレビ関係ならいいんじゃない？　真冬ちゃん好きだよね、テレビ」

思えば、つくづくインドアな子だ。

真冬ちゃんはようやく自分の席に復帰し、「むむー」と考え込む。

そして、パッと笑顔。

「真冬、表紙でレモン持ちます！」

「確かにテレビ関係だけど、完全にとある雑誌のパクリだよねぇ！」

「ザ・ドラマジョン～」

「ドラマジョン⁉」

「夏の新ドラマ総力特集！　次なる木村○哉主演ドラマは、なんと餅吸《もちす》いがテーマ！」

「ちょっと読みたいかも！　ドラマガ一切関係なくなったけど！」

「今後一年の番組表全《すべ》て網羅《もうら》！」

「期間長っ！　っていうか、そこまで先の番組編成決まってないだろ、多分！」

「創刊特別号は、お値段半額の七千八百円！」

「半額なのに高っ！」

「今なら新作ゲームソフトが一本ついてくる！」

「値段の内訳の九〇パーセント以上、それが原因だよねぇ！」

「というわけで、真冬がレモン持って表紙になります。完璧《かんぺき》です！」

「ドラマガの在り様を変えちゃ駄目だって！」

「キュッキュ……『レモン表紙』……っと」

会長がホワイトボードに書いていた。愕然《がくぜん》とする俺に、会長が微笑《ほほえ》む。

「候補に入ってる！」

「別にレモン持つぐらいいいわよ。いざとなったら、私が持つから」

「人の問題じゃないんです！　レモンが問題なんです！」

「レモンは別にテレビ〇ョンだけのものじゃないでしょう」

「そ、それはそうですがっ！」

「じゃ、他の案はある？」

会議が進行する。……分からん。俺には、企画の通る基準が全然分からん。

俺が頭痛を覚え始めた頃《ころ》、知弦さんまで提案を開始した。

「やはりここは、私の大人《おとな》な魅力《みりょく》で男子学生を悩殺《のうさつ》して、レジに走らせるべきじゃないかしら。キー君みたいな若さ迸《ほとばし》る男子は、セクシー路線に絶対弱いわ」

「む。いい案だけど、教育上悪いのは駄目だよ？」

「分かってるわよ、アカちゃん。私だって、安易に脱《ぬ》ぐ気は無いわ」

「？　じゃあ、どうやってセクシーに見せるの？」

「それはね……」

そこで知弦さんは一区切りし、そして、何故《なぜ》か俺の方を見ながら、一言。

「私がどアップでバーアイスを『べろり』と舐めていたり」

「賛成ぇ――――――――――――――――――――――――――――――――――――！」

気付けば全力で賛成していた。

会長は俺の絶叫《ぜっきょう》に耳を押《お》さえながらも、「そ、そんなの却下！」と頬《ほお》を赤くして訴《うった》えている。

「駄目に決まってるでしょ、知弦！」

「あら、いいじゃない。別に何の倫理《りんり》も犯《おか》してないわ。アイス舐めてるだけよ」

「絶対他の意図あるじゃない！　さっき男子学生狙《ねら》いって言ってたし！」

「じゃあ、頬が紅潮し、息が荒《あら》い状態で、恍惚とした顔している私とアカちゃんが見つめ合ってる構図とか……」

「だから、なんか妙にエロいのよ！」

「別に脱いだりしてないわよ？」

「それが余計に悪質なのよ！　ドラマガ、絶対内容勘違《かんちが》いされるよ！」

「『密室で美少女四人と一人の鬼畜《きちく》青年が繰《く》り広げる、濃密《のうみつ》な交わりの応酬《おうしゅう》……』みたいな煽《あお》りとか入れれば、更に売り上げ倍増よ」

「完全に詐欺じゃない！」

「詐欺じゃないわよ。事実を言ってるもの。五人でガッツリトークしているじゃない」

「それでも駄目なものは駄目！」

「そういうのが駄目なら……。仕方ない。逆にキー君が脱ぐ？　そして、ムチで叩《たた》かれたようなミミズ腫《ば》れの痕《あと》を晒す？」

「更にディープなジャンルの雑誌になってるよ！」

それ以前に、なぜ俺にミミズ腫れの痕があるのかツッコンで下さい会長。

「アカちゃん……そんなことでは、大人にはなれないわよ？」

「そんな意味での大人には別になりたくないよ！」

「ドラマガだって、青少年のベッドの下に隠《かく》されるような雑誌になるのが、本望だと思うのよ」

「なぜそう思ったの⁉　絶対違《ちが》うよ！」

「……分かったわ。エロティックなのはやめる。刺激《しげき》は……他の方向性で演出するわ」

「そうよ。最初から、そうして――」

「頭から大量に失血して絶命しているキー君が表紙」

「なんの雑誌よ！　最早、どの層に訴えてるのかさえ分からないよ！」

会長がツッコンでくれている。おかげで俺は安心して……一人、ぶるぶる震《ふる》えることが出来《でき》るよ。深夏の背に隠れて怯《おび》えていると、深夏が「よしよし」と頭を撫《な》でてくれた。

……知弦さん。怖《こわ》い。怖い。怖いよぅ。

「物凄《ものすご》いインパクトよ。かつて惨殺《ざんさつ》死体を表紙にしたライトノベル雑誌があったかしら」

「無いよ！　負の意味でね！」

「その傍《かたわ》らでは返り血を浴び、手にはチェーンソーを持って呆然としているアカちゃん」

「しかも犯人私《わたし》なんだっ！」

「こんな表紙見かけたら、私だったら即購入《そくこうにゅう》ね」

「確かにある意味内容凄《すご》く気になるけどっ！」

「まさか本編外で主要キャラが死んだり殺人犯したりするなんてね」

「本編だとかそうじゃないとか、それ以前の問題だと思うけど！」

その通り。本編でだって俺は殺されたくない。しかも惨殺。……ぶるぶるぶる。

「そうなると、『ドラゴンマガジン』というタイトルもそこはかとなく怖いものに思えるから、不思議よね」

「ああっ、口から血を滴《したた》らせるドラゴンが想起されるわ！」

「吸血鬼《きゅうけつき》が今宵《こよい》も縦横無尽《むじん》に特区《とっく》を駆《か》ける『ブラック・ブラッド・ブラザーズ』」

「凄くホラー小説っぽい！　そんなんじゃないのに！」

「秘《ひ》められし力が今大きな悲劇を巻き起こす『伝説の勇者の伝説』」

「さぞ残虐《ざんぎゃく》な伝説なんでしょうね！」

「強大な魔道《まどう》士が人の世を大混乱に陥《おとしい》れる……『スレイヤーズ』」

「リナ、絶対極悪人ね！　その語り口だと！」

「ほら、案外マッチしているじゃない、惨殺死体表紙ドラマガ」

「な、何か滅茶苦茶《めちゃくちゃ》な理論なのに気圧《けお》されている私がいるわ！」

「じゃ、候補入りね」

そう言うと、知弦さんは勝手にホワイトボードに追加してしまった。「杉崎鍵惨殺」と。

…………。

「鍵……お前、そんなに震えて……」

「深夏《みなつ》ぅ」

「よ、よしよし。流石に今だけは、抱《だ》きつくことを許してやろう」

「う、ぐす……うぅ」

俺は深夏の体の感触《かんしょく》を楽しむ余裕《よゆう》もなく、小さくなって、ただただ彼女にひしっと抱きつき嗚咽《おえつ》を漏《も》らした。……父《とう》さん、母《かあ》さん。先立つ不幸をお許し下さい。そして、死体は見ない方がいいです。絶対、いいです。トラウマ確実だと思います。

俺が泣きじゃくっていると、いつの間にか、勝手に会議が終わっていた。

会長が「さて」と仕切り直す。

「じゃあ、今まで出た候補の中から決めにかかるとしましょうか」

マジックスか。総じて不本意なのしか、ホワイトボードに書かれてないんですけど。

　四人は俺抜《ぬ》きで勝手に会議を進めて行く。

「そうそう、構図がどうなるにせよ、とりあえずは写真撮影《さつえい》するからね」

「ああ、いつもの表紙イラストと同じ方式なんだな。あたし達がポーズとって写真撮影して、それをイラストレーターさんにイラスト化してもらうっていう」

「そう。……あ、そうだ。今回のドラマガと同時発売の三巻は深夏が表紙なんだから、深夏単体は却下していいんじゃない？」

「そうですね。お姉ちゃんは、本編の表紙なんだからいいじゃない。……真冬なんか……まだ全然表紙になれてないというのに……」

「うっ。わ、分かったよ。あたし単体は無しでいいよ、しゃあない」

「アカちゃん。それ言い出したら、私とアカちゃんも表紙経験者だけど……」

「はっ！　ということは、真冬、遂に表紙になれるのですかっ！」

『…………』

「……今、ハッキリと、皆《みな》さん心の中で『お前じゃ地味すぎる』って思いましたよね」

『ソンナコトナイヨー』

「…………。……しくしく」

　真冬ちゃんも会議から離脱《りだつ》してしまった。すっかり定位置《ていいち》となった生徒会室の隅で、膝《ひざ》に顔を埋《うず》めて泣いてしまっている。

　俺と真冬ちゃんが使い物にならない中、それでも勝手に会議は進む。

「杉崎、真冬ちゃんは戦闘不能。深夏は三巻表紙だから却下。となると、自《おの》ずと選択肢は私と知弦に絞《しぼ》られるわね」

　会長の声が嬉しそうだ。目立ちたいのだろう。……ちくしょう。

「アカちゃん。大変だわ。そうなると、一番手っ取り早いのは、私とアカちゃんの百合《ゆり》表紙ということに――」

「それはとっくに却下されてるよ！　っていうか、なんか知弦怖いから、根本的に二人表紙無し！　どっちか単体に決定！」

「つれないわねぇ」

「じゃあ……どうする？　じゃんけんでもしようか？」

「ま、そうね。正直言えば、そろそろサッサと決めちゃって、動きたいし」

「決定～。じゃ、行くよ～。じゃーんけーん……」

『ぽん』

結果をボーッと見る。会長がグー。知弦さんがパーだった。そこで、会長の顔がサッと青褪《あおざ》める。

「し、しまった！　そういえば私、知弦にはじゃんけんで一度も勝ったこと無いんだった！」

「ええ、アカちゃん、重要な勝負では必ずグーを出すという、イマドキ珍《めずら》しいぐらい単純な性格だからね」

「その話を聞くのも百回目ぐらいだわ！」

「ええ、それがアカちゃんクオリティ」

「あうー」

というわけで、どうやら知弦さんが勝ったらしい。ということは、知弦さんが提案する表紙で決定——。

…………。

……へ？

唐突に、《ブロロロロォォン！》という、何かの駆動《くどう》音。

「ひっ！」

見れば、知弦さんはどこからか取り出して来たらしいチェーンソーを、手馴《てな》れた様子で回転させていた。そうして、俺の方を見てニヤリと微笑む。

「残念だわ……キー君」

「全然残念そうじゃないんですがっ！　むしろ凄く笑《わら》ってるんですがっ！」

そんなやりとりをしていると、流石に見かねたらしい会長が「それは却下っ！」と知弦さんを窘《たしな》めてくれる。会長に言われると、知弦さんも「アカちゃんの頼《たの》みじゃあね」と、チェーンソーを止《と》めて棚《たな》に仕舞《しま》いなおした。……会長が頼まなかったら、やってたんですか、知弦さん……。

そして、知弦さんはようやくいつものクールな知弦さんに戻《もど》り、咳払いしてから一言。

「実際、私はそんなに表紙やりたいわけでもないし……。そうねぇ……異例だけど、それこそ、最初に真冬ちゃんが言っていた『五人で立っている構図』でいいんじゃないかしら。勿論キー君含む、ね。小さくはなるけど、それが一番平和的じゃない？」

「知弦さん！」「紅葉先輩！」

俺と真冬ちゃんは、そのあまりに温かい提案にようやく立ち直る。知弦さんは優しげに微笑んでくれていた。……うぅ、良かったよぅ……色んな意味で。

しかし、そんな中会長は一人不満顔だった。不満顔だったが……結局は、「それでいいわ……」と呟くと、早速、写真部に行って五人でポーズを撮影して貰ったのだった。

うむ。

というわけで、この物語は、珍しく「めでたしめでたし」な話だったというわけさ。

あ、写真部からの帰り際、会長が何か忘れ物をしたと言って、一人で写真部の部室に戻っていったというアクシデントはあったけど、それだけだ。

そんなわけで、ドラマガ読者諸君！　五人で仲良く平和的に描かれたこの表紙、是非《ぜひ》その目に焼き付けてくれたまえ！

ああ、五人仲良し構図っていうのは、本当にいいもんだよなぁ、うん。俺も今から楽しみだよ！　早く見たいなぁ、俺を中心として美少女が四人並ぶあの表紙！

「この日の私達って、ホントなんだったのかしら……」
by 知弦

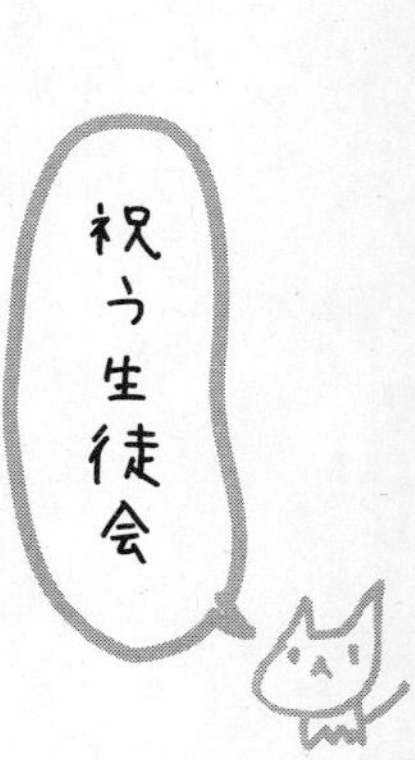

【祝う生徒会】

「誰かと喜びを共有することは、とても大切なことなんだよ！」

会長がいつものように小さな胸を張ってなにかの本の受け売りを偉そうに語っていた。

真冬《まふゆ》ちゃんが「そうです！」と大いに同意する。

「会長さんも、真冬と、美少年同士の恋愛《れんあい》を楽しむ感覚を共有しましょう！」

「ん、真冬ちゃんのは『喜び』というより『悦《よろこ》び』だから却下」

「がーん。ふられましたっ」

真冬ちゃんがガックリと肩を落としていた。俺は席を立って長机《ながづくえ》を回り込《こ》み、彼女の肩にぽんと手を置く。

「俺や真冬ちゃんの思想は、会長には受け入れられないんだよ」

「がーん。真冬、遂に先輩に仲間意識を抱《いだ》かれてしまいましたっ！」

フォローしたのに、真冬ちゃんはなぜか更にショックを受けて、机に突《つ》っ伏《ぷ》してしまった。仕方ないので、俺も自分の席に戻る。

「……会議開始早々、うちの妹に変な追い討ちかけないでくれよ」

着席すると、隣の深夏《みなつ》が溜息《ためいき》混じりに呟いた。失敬な。俺は俺なりに、慰《なぐさ》めようとしただけだというのに！

そんなことをしている間に、会長はホワイトボードに今日のテーマを書き綴《つづ》る。知弦《ちづる》さんが、それを淡々《たんたん》と読み上げた。

「ドラゴンマガジンで短編。二十周年。おめでとう」

なんか、箇条《かじょう》書き形式でそんなことが書かれている。会長は「というわけで！」と勝手に話を進めていた。

「またドラゴンマガジンさんにお邪魔するけど、今回は、富士見《ふじみ》ファンタジア文庫誕生二十周年っていう部分を取り上げていこうと思うの！」

「……もうアカちゃんが勝手に仕事を請《う》け負うのは慣れたから、いいけど。二十周年を取り上げるっていうのは……どうするの？」

知弦さんがもっともな質問を口にする。会長は、とんとんとホワイトボードを叩きながら、返した。

「そんなの、ここにあるように、テキトーに『おめでとー』って言っておけばいいんだよ！　たぶん！」

「そんな心のこもらない『おめでとー』でいいの？　喜び、共有するんでしょ？」

「そーだよ。だから大事なのは、『なんか、おめでたい』っていうその空気感！　別に、改めてファンタジア文庫の二十年を振り返ったりとかは、しないよ。面倒臭《くさ》いから！」

「つまり……ほぼ面識の無い知り合いの結婚式《けっこんしき》に行って美味《おい》しい料理だけ堪能《たんのう》させて貰って、あとは挨拶《あいさつ》をすることもなく帰ってくるような、そういうことよね」

「うむ、そのとーり！」

なんか偉そうに胸を張っていた。……いや、会長。それ、あんまり褒められた行為《こうい》じゃないですよ。

俺達のジトッとした視線にも気付かず、会長は一人、おめでた空気を振《ふ》りまき続ける。

「いやー、めでたいね、二十周年！　今日《きょう》はぶれいこーじゃー」

「花見じゃないんですから。そして、会長はいっつも無礼講みたいなものでしょう」

「というわけで、桜野《さくらの》くりむ、歌います！」

「だから、その花見みたいなノリやめて下さい」

「えー。……じゃあ、杉崎《すぎさき》、ケーキ買って来てよ、ケーキ。富士見書房《しょぼう》のお金で」

「うっわー。完全にお祝い事に便乗する気ですね」

「めでたいから、いいんだよ」

「一番おめでたいのは、会長の頭だと思います」

「酷いよ！　私はただ、心から、ファンタジア文庫を祝福しているだけだよ！」

「そうとは思えないですけど……。それこそ、会長が昔っからファンタジア文庫にお世話になっていたり、ずっと熱心な読者だったり、本作りに関《かか》わってたって言うんなら、お祝いするのは分かりますけど」

「う。そ、そんなの、いいんだよ！　めでたい時は、そういう瑣末《さまつ》なこと考えないで、パーッとやるのが吉《きち》なんだよ！」

「そうですかねぇ」

「うぅ……じゃあいいよ！　そんなに言うなら、今日は、別の名目でお祝いしようよ！」

「別の名目？」

俺だけじゃなく、会長以外のメンバー全員が首を傾げる。

会長は「そう！」と力強く告げた。

「ほら、誰か誕生日近い人とかいないの？　それでもいいよ」

「と、特にいなかったと思いますが」

真冬ちゃんが否定する。しかし会長は、めげなかった。

「じゃあ……今日は何かの祝日とかだったりしない？」

「しないわよ、アカちゃん。平日も平日」

「うぅ……。じゃあ記念日だよ、記念日！　サラ○記念日！」

「全く関係ねぇだろ、サラダ記○日……」

「じゃあ作るもん！　今から作るもん！」

「サラダを？」

「サラダじゃなくて、記念日を！」

会長はムキになっていた。どうやら、今日は「祝いたい気分」らしい。しかも、祝うためなら、その対象はなんでもいいらしい。相変わらず厄介《やっかい》な人だ。

会長が腕を組んで唸《うな》る中、しかし俺は一つ名案を思いついて、会長に提案する。

「会長、会長。そんなにお祝いしたいなら、今、俺と婚約《こんやく》しましょう！」

「な——。や、やだよ！」

「婚約記念日ですよ？　すっごい、お祝い事ですよ？」

「祝い事じゃないよ！　むしろ、なんか死刑《しけい》が確定したみたいな空気になりそうだよ！」

酷いこと言われた。しかも、他のメンバーまで頷いてしまっているし。

このままじゃ引き下がれなくなってしまったので、俺は更《さら》なる提案をする。

「会長が、『大好きよ』って言ったから。今日が俺の、ハーレム記念日」

「勝手に変な記念日作らないでよ！」

「会長が、『勝手に変な記念日作らないでよ！』って言ったから。今日が俺の、『勝手に変な記念日は作らない』記念日」

「なんかすっごい矛盾《むじゅん》を孕《はら》んだ記念日作ってるし！」

どうも、俺の提案する記念日は悉《ことごと》く不満らしい。困った。

そうこうしていると、深夏が、「仕方ねぇなー」と会議に参加してきた。

「記念日なら、あたしが作ってやるぜ、会長さん」

「深夏！　うん、深夏なら、なんか爽《さわ》やかな記念日作ってくれそう！」

「おう。その名も、友情記念日だ！」

「はわっ！　予想以上に爽やかで期待が持てる記念日ねっ！　それ決定――」

「今からあたしと会長さんが本気で殴《なぐ》り合って、最終的に二人で土手に寝《ね》そべり、『なかなかやるじゃねーか』『ふ、お前こそ』ってやれば、その瞬間、今日は晴れて友情記念日だっ！」

「記念日じゃなくて、後輩《こうはい》に暴力振《ふ》るわれた忌《い》まわしい記憶《きおく》になりかねないよ！」

「大丈夫《だいじょうぶ》。全力でやる。気持ち、伝わる」

「なにが大丈夫なの!?　そして、暴力受けたくないっていう私の気持ち、既《すで》に全く伝わってないね！」

「会長さんの熱い想《おも》い、拳《こぶし》に込《こ》めて、あたしにぶつけてほしい」

「言葉にこめて、やわらかく伝えるだけで充分《じゅうぶん》だと思うよ！」

「女々《めめ》しい先輩め……」

「荒々《あらあら》しい後輩よりいいよっ！　女の子だしっ！」

「仕方ない。他の記念日にするか。んー……じゃあ、『解放記念日』なんてどうだ？」

「あ、なんかカッコよくていいわね！　会長たる私にぴったりっぽいし！」

「ああ。今から会長さんが、すげー邪悪《じゃあく》なやつらの跋扈《ばっこ》する魔界《まかい》への道を開通させれば、今日は『解放記念日』だっ！」

「魔族にとってのねぇ！　人類にとっては、絶望の日だよ！」

「壮大《そうだい》な物語が始まる予感に、胸が震《ふる》えるぜっ！」

「最悪な悲劇が始まる予感に、足が震えるよっ！」

「物語じゃあ、封印《ふういん》なんて、解かれるためにあるようなもんじゃねーか。っつうか、悪いヤツを、倒《たお》さないで、閉じ込《こ》めて満足してるっつーのが、信じられねぇよな」

「わざわざそれを解放しちゃう人の方が信じられないよ！」

「会長さんが『てへっ☆』って言ったから。今日が魔族の、解放記念日」

「私、史上空前のドジ!?」

「ドラゴンマガジンも二十周年の年に、まさか、ドラゴンじゃなくて魔族が蘇《よみがえ》っちまうとはな……皮肉なもんだぜ」

「皮肉云々《うんぬん》とか言っている場合じゃないと思うよ！　っていうか、そんなの記念日じゃない！　却下！」

「ええー。でっかい出来事《できごと》なのにー」

「深夏はもういいよ……」

　会長は深く嘆息する。その様子に、深夏の妹である真冬ちゃんが、姉の仇《かたき》を討とうとするかのように立ち上がった。

「真冬も、記念日作りますっ！　作りたいですっ！」

なんか、彼女の創作意欲に火をつけてしまったらしい。会長はひきつりながらも、真冬ちゃんの勢いに押《お》されて「いいけど……」と応じている。

　真冬ちゃんは、目をキラキラ輝《かがや》かせた。

「えっとですね！　それじゃあ、杉崎先輩が同性愛に目覚める、『ＢＬ記念日』なんか、お手軽でいいと思います！」

　ひっどい提案されていた。会長は額に手をやっている。

「その記念日作っても、とても祝う気にはならないよ……」

「そうですか？　じゃあ、真冬がゲームをやりまくる『廃人記念日《はいじん》』でもいいです」

「それ、毎日でしょう。三百六十五日、全部廃人記念日でしょう」

「じゃあ、今日は皆で電撃○庫をたくさん読んで、『電撃記念日』にしましょう！」

「ファンタジア文庫二十周年にわざわざそれをぶつけていくのは、なぜなの……」

そろそろ富士見書房、怒《おこ》っていいと俺は思う。

「ルビー文庫にします？」

「そういう問題じゃないから」

「あ、新しいライトノベルレーベル『せーとかい文庫』を立ち上げて、設立記念日にしちゃうのはどうでしょう！」

「そこまでするなら、素直にファンタジア文庫二十周年祝うよ！　っていうか、真冬ちゃんはどうしてそう富士見書房に反旗を翻《ひるがえ》しがちなのよ！」

「真冬の書いたBLを出させてくれないからです！　ずっと交渉《こうしょう》しているのにぃ！」

「勝手に原稿《げんこう》持ち込《こ》みとかしてたの!?」

「先輩の書いた日常記録は通るのに、真冬の書いた小説が通らないのは、納得いきません。富士見書房には、見る目がないです」

「そりゃ、BLを評価する目は持ち合わせてないでしょうよ！　持ち込むところ間違ってるからね！」

「真冬のこの恐《おそ》ろしい才能を分からないとは、富士見書房編集部は、だめだめです。真冬が悪いんじゃないんです。世間が、真冬を評価しないだけなのです。これだから、パンピーはっ」

「真冬ちゃん⁉　なんかすっごいイタイ子になってるよ⁉」

「今日が真冬の、『独立記念日』です！　真冬は現時点をもって、世界を否定します！」

「真冬ちゃんが言うと、ただ現実逃避《とうひ》始めたようにしか聞こえないよ！」

「もう真冬、学校から帰ったら、家でゲームと読書ばっかりしちゃいます。ぐれちゃいます。世界の方が悪いんです。盗《ぬす》んだバイクで、走り出しちゃいますよ。交番に」

「微妙《びみょう》にぐれてない！」

二人がやりとりしている中、深夏が勝手にごそごそと真冬ちゃんのカバンを漁《あさ》る。何をしているのかと俺も覗《のぞ》くと、そこには……尾崎《おざき》のＣＤが、沢山《たくさん》入っていた。友達《ともだち》にでも借りたのだろうか。

深夏は、何も言わずカバンを閉じる。俺も、無言を貫《つらぬ》いた。あぁ、真冬ちゃん……。

「そんなわけで、会長さんも、真冬が覚醒《かくせい》した今日という日を祝って欲しいです」

「そういう覚醒は、祝えないよ……」

「ふ……。真冬のあまりの才能に、嫉妬《しっと》ですか」

「もう、その解釈でいいよ。今の真冬ちゃんには、どんな言葉も届く気がしないよ」

「こうなったら真冬、他の出版社にBL小説持ち込んじゃいます。す、スニーカーとかいっちゃいますよー！」

「いや、だから、根本的にレーベルを間違っているというか――」

「勢い余って、『る〇ぶ』編集部とかにも持ち込んじゃうかもですよ！」

「なぜ『るる〇』!? 最早ただの迷惑行為でしかないよ！」

「今日は真冬の、『旅立ち記念日』です！」

「あ、あんまり遠くまで行っちゃわないでね……」

すっかり会長のテンションは下がっていた。……まあ、真冬ちゃんの提案に祝える要素は一切無かったからな……。

真冬ちゃんがすっかり自分の世界に入ってしまい始めたため、会長はまたも嘆息し、最後の希望とばかりに、知弦さんに視線を投げかける。

「ち、知弦ぅ」

「そう縋《すが》るような目をされてもねぇ。可愛《かわい》いから愛《め》でるけど」

そう言いながら、知弦さんは会長をなでなでする。その羨《うらや》ましい光景に、俺が指をくわ

えて「いいなぁ」という視線を送っていると、知弦さんは「そうだわ」と何かを思いつい
たかのように指をピンと立てる。

「今日は、アカちゃん可愛い記念日ね」

「駄目ですよ。そんなの、毎日ですから」

愛でられている会長の代わりに俺が答えると、なぜか、会長は頬を赤くして、ぷいっと
視線を逸らしてしまった。

知弦さんは「それもそうね」とあっさり引き下がり、会長をいじるのは継続《けいぞく》しながらも、
提案を続ける。

「こうなったら別に、記念日じゃなくてもいいんじゃないかしら？　元々ファンタジア文
庫二十周年に便乗して、生徒会でも何か『祝いたい』っていう企画でしょう？」

「うん、そうだよ」

会長が、こくりと頷く。

「だったら、めでたいことを報告しましょう」

そう告げる知弦さんに、俺は、「めでたいこと？」と首を傾げる。

知弦さんはふふっと妖《あや》しく笑う。

「私、妊娠《にんしん》したの」

『なっ』

　メンバー全員の声が重なる。

　知弦さんは意味ありげに自分の腹部を撫で、俺に視線を向ける。

「責任とってね、キー君」

「ええっ⁉」

『にゃにぃ――――――――⁉』

　俺よりも、会長と椎名姉妹の方が錯乱《さくらん》してしまい、大変なことになっていた。

　隣に居た深夏に、制服の襟《えり》をガシッと摑《つか》まれる。っていうか、ほぼ首を絞《し》められているっ！

「お前っ！　お前っ！　い、いつかやるんじゃねーかとは思っていたが……」

「お、落ち着け、深夏！」

「どうすんだよ！　お前の遺伝子を受け継《つ》いだ子供なんて……そんな……そんな……」

「まさか深夏……嫉妬してくれて……」

「そんな酷い運命を背負った子を誕生させるなんて、残酷《ざんこく》すぎる！」

「俺が父親なの、そんなにハンディキャップ⁉」

「物心ついた時点で、心が折れること必至だぞっ！　父親がお前じゃあ！」

「今、俺の心がベキベキ折られていってるんですけどっ！」

「母親が知弦さんなことだけが救いだ……。シングルマザーでも、全然やってけるだろうし。しかし……それはそれで、思春期あたりに父親のことを知ったら……自殺モノだな」

「いや、現時点で、俺が自殺モノなんだが」

「人間と鍵《けん》のハーフ……辛すぎるぜ」

「ハーフじゃねぇよ！　俺も人間だよ！」

「これは……あたしが、『師匠《ししょう》』として、鍛《きた》えてやるしかねーかもな」

「他にも選択肢は沢山あるだろ！」

俺の言葉になど耳も貸さず、深夏はただただ苦々《にがにが》しい顔をしていた。

そして、真冬ちゃんまで俺に厳しい視線を向けてくる。

「先輩……酷いです……あんまりです……」

「真冬ちゃん……キミはやっぱり、嫉妬――」

「BLの道は、どうするんですかっ！」

「初めから歩む予定なかったよ！」

「こうなったら……せめて、せめて、その子には、絵本の代わりにこれを……」

「『美少年×美少年×美少年』……って、どんな教育方針だよ！」

「紅葉先輩の血が入っているので、きっと、男の子なら美少年になるはずです！　ですから将来のためにも、こういう本を読ませておくべきだと思うんです！」

「どんな未来に備えさせる気だよっ！　っていうか――」

そこで俺がいい加減誤解を解こうとすると、しかし、続けざまに会長が、「酷いよ、杉崎っ！」と涙目でこっちを睨《にら》んできた。

「か、会長。いや、ですから、これは知弦さんのジョ――」

「知弦に子供が出来ちゃったら……出来ちゃったら……」

「だ、大丈夫ですよ、会長。俺は、これからも会長を愛し――」

「知弦が、遊《あそ》んでくれなくなっちゃうじゃん！」

「えぇー……」

そっちの心配っすか。

「これから私は休み時間、誰と、何をして遊べばいいのよ！」

「知りませんよっ！　っていうか、他に言うことないんですかっ！」

「他に？　あ……そっか。杉崎と知弦の子供ってことは……」

「そうです。そこは、いい加減、そろそろ嫉妬すべきポイント――」

「凄く邪悪な子供が生まれる予感がする！」

「ええっ⁉」

「お、恐ろしいわ……。杉崎の欲望と、知弦の狡猾《こうかつ》さを併《あわ》せ持つ、悪の申し子みたいな、超《ちょう》ハイブリッドベイビーが誕生してしまうわ……」

「ひ、酷い言われようだ」

「そこに、深夏の特訓と、真冬ちゃんからの歪《ゆが》んだ教育……ち、地球が危ない！」

「危なくないですよ！　俺と知弦さんの子、どんだけ危険視されているんですかっ！」

「なんか、『凄くチェスが上手《うま》い美少年・危険思想・性欲強し』っていう感じだと思う」

「ああっ！　漫画《まんが》やアニメにはよく出てくるけど、そんな我が子は、親の立場だったらイヤすぎる！」

「でも、杉崎の血が入っているから、表面上は善人ぶっているんだよ、多分！」

「生まれる前の人の子を、よくもまあそこまでボロクソ言えますね！」

「そのうち、師匠の深夏をも、酷い裏切りで殺して、師匠越えとかしちゃうんだよ」

「ああ、うちの子がどんどんダークサイドに落ちて行く……」

「そして、ファンタジア文庫と同じく、生まれて二十年目……二十歳《はたち》あたりで……世界に変革を起こしちゃうんだよ！　その日を人類は、畏怖《いふ》を込めてこう呼ぶはずだよ！　『大破壊記念日《カタストロフ》』と……」

「完全に、悪魔《あくま》の子じゃないですか、俺と知弦さんの子……」

「で、でも、私……見捨《みす》てないからね！　す、杉崎と知弦の子だもん！　どんな最悪で邪悪で凶悪《きょうあく》な子でも、私……面倒見《めんどうみ》るよ！」

「会長……。……感動すべきところなのか、非常に微妙《びみょう》で、リアクションに困ります」

なぜか会長がちょっと涙《なみだ》ぐんでしまっている。

俺は知弦さんに目配《めくば》せする。彼女は、「もう充分《じゅうぶん》楽しんだわ」とでも言うかのように、ゆっくりと俺に頷き返した。そして……。

「という風に、妊娠発覚とかあったら、面白いわよね」

「想定の話!?」

会長がショックを受けていた。

椎名《しいな》姉妹は、流石に途中《とちゅう》から気付いていたのか、「ですよねー」という感じだ。

俺は、知弦さんを睨む。

「童貞《どうてい》の夢見る青少年たる俺には、酷《こく》な想定です……」

「あらキー君。一時でも、私と所帯を持てる幻想《げんそう》を見られたのだから、いいじゃない」

「そんな幻想、某《ぼう》上条さんにでも打ち砕《くだ》かれればいいんだっ！」

「……もし、幻想じゃないとしたら？」

「え？……って、いやいやいやいやいや！　俺、悲しいぐらいに、そして、ある意味誇《ほこ》れるほどに、ぴっかぴかの童貞なんですけどっ！」

「分かんないわよ。キー君の意識が無いうちに、私が、襲《おそ》ったかもしれないじゃない」

「ああっ！　そうだったら嬉《うれ》しいような、でも、『童貞喪失《そうしつ》』という人生の『一大素敵イベント』を塗《ぬ》りつぶされて苦しいような、すんごいフクザツな気分です！」

「冗談《じょうだん》よ。本当は、人工受精」

「俺にとって、世界で最も忌《い》むべき四文字《もじ》熟語の一つかもしれません。人工受精」

「キー君……体の関係がないと、認知してくれないの？　悲しいわ」

「馬鹿《ばか》にしないで下さい、知弦さん！　そりゃあエロスは俺にとって重要なものですが、知弦さんと一生夫婦として仲良く暮らせるというのなら、そんなもの、瑣末な問題に決まっているじゃないですかっ！　たとえ俺以外のヤローの子供だって、全力で溺愛《できあい》する所存ですよ！」

「そ、そう？」

自分から振《ふ》ったくせに、知弦さんは少し照れていた。……なぜか会長は、ムスッとしていたけど。ぶつぶつと、何か文句を言っている。

「私には、えっちぃ要求ばっかりしているくせに……」

「ん？　会長？　なんて言いました？」

「な、なんでもないよ！　うるさいなぁ！」

「む。小声でぶつぶつ言われると、小説にする時に困るんですよ」

「い、いいのよ！　そういうところは、後から自分で補足するから！」

会長は、とっても不機嫌《ふきげん》だった。……ふむ。なんか、機嫌損ねることしたっけな？　妊娠に関する嫉妬？　いや、それは一切無かったはずだが……むむむ。難問だ。

俺が女心について考察していると、深夏が「で」と場を仕切った。

「結局、何祝うんだ？　このままじゃ、何も祝わないまま、この会議終わっちゃうぜ？」

「う……。深夏、記念日じゃなくていいから、なにか、こう、お祝いしたい、めでたいことないの？　分かりやすく、『おめでとう！』って言えるようなの」

会長が、ちょっと焦り気味に意見を求める。深夏は腕を組み、眉根《まゆね》を寄せた。

「んー、めでたいこと、なぁ。……生徒会シリーズらしく、『この日常が、本当はなによりの幸福なのさ』みたいな結論じゃだめ？」

「駄目。そういう温《ぬく》いのは、飽《あ》きた」

うっわ、自分で生徒会シリーズを企画《きかく》しておいて、飽きたとか言いましたよ、このロリ会長。

「もっとこう、『わーい！』ってテンションになるのが、欲しい」

「そ、そういう『めでたいこと』って、そうそう無いぜ……。それこそ、ファンタジア文庫みたいに、十年に一回のお祝いとか、そんな勢いだ」

「もっと探してよ～！　なんか吉報《きっぽう》無いの？　『勇者が魔王《まおう》を遂に討伐《とうばつ》した！』みたいな」

「そんなレベルの吉報は、このご時世、そうそうねぇーよ！」

「折角二十周年なんだから、お祝いムード作ろうよ～」

「だから、素直にファンタジア文庫を祝えばいいだろ」

「だって、こう言っちゃなんだけど、どう祝えばいいか分からないでしょ、本の二十周年って言われても。人じゃないから、お誕生会っていうのも違うし」

「だったら……。そうだな。『生徒会の一存シリーズ、○○万部突破！』みたいなのはどうだ？　富士見書房関係しているし」

「そ、それだわ！」

深夏のなにげない提案に、会長は思いっきり食いつく。

「知弦っ、知弦っ！　生徒会の一存シリーズって、今、どれくらい売れてるの⁉」

「それは……って、やっぱり、教えてあげないわ」

知弦さんはなぜか、数字を公開してくれない。

会長が憤慨《ふんがい》する！

「なんで教えてくれないのよ！　私達の本だよ！　数字を知る権利、あるよ！」

「いいえ。キー君や椎名姉妹ならまだしも……。アカちゃんに具体的な数字を知られると、印税の額も推察されちゃって、また、ロクなことにならない気がするから」

その知弦さんの発言に、俺と姉妹は「なるほど」と感心する。そりゃそうだ。印税の金額を会長が摑んでしまったら、彼女、それを元手に、ろくでもない企画を発案するに決まっている。

会長は、ぷくっと頬を膨《ふく》らませた。

「でもそれじゃ、お祝い出来ないじゃない！」

「漠然《ばくぜん》とで我慢《がまん》するのよ、アカちゃん。『大ヒット御礼《おんれい》！』みたいな」

「う……。……ぬぬぬぅ……し、仕方ないわね。そこらで、妥協《だきょう》するわ」

「いい子ね、アカちゃん」

知弦さんは会長の頭をなでなでする。

会長はそれをペシッと振《ふ》り払《はら》った後、ちょっと不機嫌そうにしながらも、声のトーンを上げて宣言した。

「というわけで、今日は、生徒会の一存シリーズヒットのお祝いよ！　おめでとー！」

『おおー！』

仕方ないので、俺達も乗っかる。本当にヒットしているのかは甚《はなは》だ怪《あや》しいが、まあ、勝手に祝う分には、実害も無いだろう。

会長が「杉崎、飲み物！」と言うので、仕方なく、俺は全員分のお茶を淹《い》れる。湯呑《ゆの》みが五人に行き渡《わた》ったところで、会長は番茶を掲《かか》げて、相変わらずのお花見ノリで宣言した。

「生徒会と、富士見書房のこれからの発展に、かんぱーい！」

『かんぱーい』

一応、俺達も乾杯《かんぱい》する。一口番茶をすすり、会長が満足そうにしているのを眺《なが》めていると、隣から深夏が小声で話しかけてきた。

「(別に、生徒会は発展とかしたくねーけどな)」

「(まあな。でも、合わせとけ、合わせとけ。世の飲み会なんて、大体、こんな感じらしいぞ)」

「(そうなのか?)」

「(バイト先の脱《だつ》サラした先輩の受け売りだけどな。飲み会なんつーものは、なんとなく、その場の空気にノッたもん勝ちらしい)」

「(しかし、酒の力なしにこのテンションの維持《いじ》は、結構苦行なんじゃねーか?)」

「(……そうだな)」

そう呟きつつ、会長を見やる。

なぜか、お茶しか飲んでないのに、赤ら顔でテンションMAXだった。

「今日は、盛り上がるよー!　いえー!」

『いえー』

皆で、番茶片手にテキトーに合わせる。

「ほら真冬ちゃん！　手が止まってるよ！　じゃんじゃん飲《の》んで！」

「ふぇええ!?」

真冬ちゃん、強制的にポットから番茶をなみなみ注《つ》がれていた。……お茶って、じゃんじゃん飲むようなものだったっけな……。真冬ちゃん、軽く涙目。

そして会長はと言えば、なぜか酩酊《めいてい》状態だ。

「からだが、ぽかぽかするよー」

「そりゃ、ホットの番茶を夏場に飲んでますからね」

「ほら、杉崎も飲んで飲んで！　今日は記憶なくしちゃうぐらい、飲んじゃおうよ！」

「番茶で記憶なくすって……もう、取り返しつかない飲み方ですね」

救急車で運ばれる俺が連想された。

「知弦も！　ファンタジア文庫、サイコー！」

「ファンタジア文庫、サイコー」

「私、サイコー」

「桜野くりむ……サイコ」

「サイコ!?　サイコーだよ！」

「……いえー」

　ああ……知弦さんが、死んだ魚のような目をして流している！　知弦さんの口から、「いえー」なんて言葉が出るなんて！

「深夏も、ほらほら！　いっき、いっき！」

「いっき!?」

　我が親愛なるクラスメイト、とんでもない過酷《かこく》な要求をされていた。

　しかし、そこは深夏。ホットの番茶を、なんなく飲み干して、ニコッと笑う。……偉い。偉いよ、深夏。

　しかし、会長は更に調子に乗ってしまった。

「もう一杯《いっぱい》！」

「そんな、大〇愛みたいに可愛い言い方されても……」

「もう一杯！」

「く……」

　深夏は会長に押《お》し切られるカタチとなり、結局、もう一杯飲み干す。げぷっと、美少女が出しちゃいけない気がする音声が、隣から聴《き》こえてきた。

「深夏、わんだほー！」

「は……はは。ど、どうも」

「というわけで……。いっき、いっき！」

「ええっ!?　まだ飲むのかよ！　それは流石に……」

「いっき、いっき！……ファミコンの、いっき！」

「え、プレイすんの？　あの伝説のゲームを？　そういうのは、有野さんにでも任せた方が——」

「いっき、いっき！」

「……わ、分かったよ」

深夏は諦《あきら》めると、真冬ちゃんの四次元ポシェットからファミコンを取り出し、モニタに接続して、ぴこぴことゲームを開始した。……いっき、やらされてるよ。

しかし、会長はと言えば、もうゲーム画面なんか見ちゃいない。

背筋に悪寒《おかん》を感じたと思ったら、会長、すっかり据《す》わった目で俺を捕捉《ほそく》していた。……そうですよね。俺だけ、酔《よ》っ払《ぱら》いの被害《ひがい》から免《まぬが》れたりは、出来《でき》ないですよね。

「すーぎーさーきっ」

「な、なんでしょうか？　ちゅーしますか？」

「やだ。きもい。きしょい」

うわ、酔っ払いって、ストレートできつい！

「杉崎、一発芸！　大爆笑《だいばくしょう》の！」

「ええっ⁉」

「勿論、小説になっても、大爆笑必至のをお願い！　ひゅーひゅー！」

無理矢理引っ張られ、部屋《へや》の片隅《かたすみ》にあった踏《ふ》み台（主に会長が使用）の上に立たされた。会長以外お葬式《そうしき》みたいなムードの中、皆からのどんよりした視線が集まる。

（え、なに、このすんごいハードル高い状況《じょうきょう》！）

この状況で、一発芸で、しかも文章媒体《ばいたい》になっても笑えるギャグかませるヤツって、どんなお笑いの申し子だよ！

「杉崎、面白《おもしろ》ーいのを頼むよー」

しかも、ひっどい声援《せいえん》送られた。芸人真《ま》っ青《さお》の振《ふ》り方だ。愛がない。振る方に、一切愛が無い。

視線が集まる中、俺は、必死に頭を回転させる。……この状況で笑いをとれる行動って、なんだよ！　正解が見つからないよ！

俺は……汗《あせ》をダラダラ掻《か》きながらも、しかし、長引《ながび》かせれば長引かせるほど不利なのは目に見えているので、勢いに任せてギャグをかます！

「ファンタジア文庫二十年の歴史の陰《かげ》には、男たちの知られざるドラマが、、、！」

『…………。……あ、ドラマガとかかってるのね』

もう、泣きたい。泣いていいですか。泣きます。泣いちゃいますよ、俺。

「お……おあとがよろしいようで」

「全然よろしくないよ！　やりなおし！」

「ええっ!?　そんな殺生なっ！」

「折角のお祝《いわ》いなんだから、もっと大爆笑のをお願いするよ！」

「だから、ハードルが異様に高いんですって！」

流石にもうやってられない。俺は踏み台から降り、自分の席に戻った。

酔《よ》っ払《ぱら》い会長（何に酔っているのかは永遠の謎《なぞ》）が、案の定俺に絡《から》む。

「芸の一つも出来ないとは、使えない男だにゃー」

新入社員いびりみたいな状況だった。……こんなのが社会だっていうなら、俺は、一生学生でいたいかもしれない。

酔いがどんどん回っていっているらしい会長は、ろれつの回らない口で喋《しゃべ》る。

「しゅぎしゃきには、誠意が、たりにゃい！」

「すみません」

「もっと、びゃを盛り上げようよ！　祝うんだよ！　祝いんぐだよ！」

「いわいんぐ？」

「いかりんぐ、食べたいー。おいちーよねー」

「…………」

なんか最早、まともに会話が成り立ってなかった。っていうか、本気で何に酔っ払っているんだ、この人は。

俺だけじゃなく、知弦さんと椎名姉妹もすっかり疲《つか》れている。……俺はそろそろ、会長の暴走を止めるべきかと――

「楽しむ時は、楽しむ！　祝う時は、祝う！　誰かの幸せを、記念を、心からお祝いしゅることは、とっても、とっても温かくていいことだと、おみょう！」

『…………』

「ファンタジア文庫、おめでとー！　あと生徒会の一存シリーズ、最高ー！」

『…………』

俺達は、目を、見合《みあ》わせる。しばしの、アイコンタクト。

しかし……俺達の結論は、もう決まっていた。そうだ。俺達は、結局、楽しいことした
いから、ここに……生徒会にいるんだ。だったら――やることなんて、決まってる。

「よっしゃ、副会長杉崎鍵、バースデーソング歌います！」

俺は、ヤケクソになって立ち上がる。

「よ、キー君。クールよ」

「鍵、こういう時はシャウトだぜ、シャウト！」

「真冬も、コーラスしちゃいますよ！　どぅーわー」

皆も、何に酔っ払っているわけでもないのに、ノリノリで便乗してくる。ふと見ると、
会長はそれに心底嬉しそうに微笑んでいた。

……うん。どんなにアホらしくても、意味なんてなくても。「何かを楽しもうとする意
志」は……祝うってことは、多分、とっても大事なことで。ひねた視線で、冷静ぶってい
るだけじゃ得られないものって、やっぱり、あるはずで。

「はっぴば～すで～♪」

それはやっぱり、愚《おろ》かしいといえば、とっても愚かしい行為なのだろうけど。

せめてめでたいことがあった時ぐらい、馬鹿でいたいから。

「よぉし、今日は祝うよー！　祝いまくっちゃうよー！　イカリングを用意せいー！」

『おー！』

俺達は番茶とお菓子で、これ以上無いってぐらい騒《さわ》ぎに騒ぎまくったのだった。

＊

翌日。

「馬鹿ですか？　馬鹿なんですか？　生徒会は、馬鹿の集まりなんですか？　教師をも無視して深夜まで生徒会室でどんちゃん騒ぎを強行って……イマドキ、不良学生でももうちょっと節度ある非行をしますよ。大体、今年度の生徒会は全く生徒の模範《もはん》に——」

風紀委員長にこってり怒られました。同じ生徒とは思えないぐらい、上から、数時間に亘《わた》って、説教されましたよ。生徒会、立場的には下であるはずの風紀委員会相手に全員正座でしたよ。

……冷静になってみると、やっぱり、無意味にハメを外しすぎるのはよくないね！　祝うって、よく考えたらそういうことじゃなかったね！

よいこの皆、真似しちゃだめだゾ☆

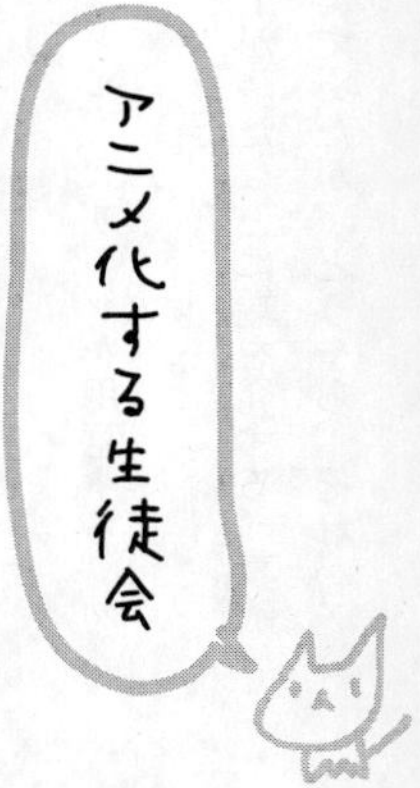

「まさかのターン制小説です！」

by 真冬

【会長の提案】

「郷に入《い》っては郷に従え、なのよ！」

会長がいつものように小さな胸を張ってなにかの本の受け売りを偉そうに語っていた。

……五分程前に。

で、今はどうしているかと言えば……。

「じゃ、私からいくよー、アニメ化に際しての戦略提案！」

「はぁ……」

「杉崎《すぎさき》、元気ないよ！　今日は杉崎が司会役なんだからね！　ちゃんと私達の話を聞くよーに！」

「はいはい」

俺はテキトーにあしらいつつ、メモを取れるようにペンとルーズリーフを用意する。勿論格好だけだ。本当にメモする気なんて一切無い。

そもそもこの状況は、生徒会に「アニメ企画」が持ち上がったことに端《たん》を発する。真儀《まぎ》瑠《る》先生が以前メディアミックスの話を取ってきたとか言っていたが、どうやら、それがアニメ企画だったらしい。

で、そうなれば当然、会長は張り切るわけで。……もう後の流れは説明するまでもないだろう。

トムとジェ○ーが喧嘩《けんか》するように、銭形がル○ンを追うように、両津《りょうつ》○吉《きち》が金儲《かねもう》けに走るように、コ○ン君が時計《とけい》型麻酔銃《ますいじゅう》で小○郎のおっさんを撃《う》つように。会長は、「アニメをヒットさせるわよ！」と暴走を始めた。

要は、いつも通り。ただ今回少し違ったことがあって……。

「今までの経験上、こういう話になるとそれぞれ偏《かたよ》った意見ばかり言うのは明白！　というわけで、今日はちゃんと区切って、皆の意見を存分に言っていこう！」

との、成長したんだか、暴走に拍車《はくしゃ》がかかったんだか分からない提案によって、こういう形式……俺がそれぞれからサシで提案を聞き出すというカタチになった。

つまり、俺と提案者以外、余計な口出しはしないということだ。ツッコミ所満載《まんさい》なこと言っても、俺以外、文句を言ってはいけない。その代わり、自分の番には好き勝手言える。

……まあ、そこそこ理にかなった形式ではある。

ちなみに俺の意見だが、「どうせエロに走るから杉崎のターン無し」という、酷い弾圧を受けて、会議前から却下された。

そんな経緯《けいい》もあって俺はあまりやる気がないのだが、会長は、「じゃ、いくよー！」と張り切りまくっていた。

俺がへいへいとテキトーに相槌《あいづち》を打っていると、会長が早速アニメに関する提案を開始する。

「アニメ化するとなれば、生徒会の一存に触《ふ》れる人がこれまでより、ぐーんと増加すると思うのよ！」

「そうでしょうね」

「つまり、お金儲《もう》けのチャーンス！」

「早速金ですか。っていうかこの会議も小説化されることとか、考えてます？」

「ということで、まずアニメ化の際には、色んな企業《きぎょう》と無駄にタイアップするよ」

「無駄にですか」

「うむ。お金を一杯集めて、制作費に回すとみせかけて、懐《ふところ》に入れるんだよ」

「基本子供なのに、どうしてこういうところだけとことん腐《くさ》っているんだろうなぁ」

「まず、コマーシャルをばんばん入れる」

「三十分しかないアニメに？」

「うん、コマーシャルだけで二十五分」

「なんの番組⁉」

「ちなみに色々テロップ入れたいから、オープニングが二分、エンディングも二分ある」

「本編一分！」

「本編でも、主に車の紹介《しょうかい》とかする」

「最早本編じゃないし！」

「これで、お金ががっぽがっぽ！」

会長は目を「$」にして幸福そうにしているが……俺は容赦《ようしゃ》なく指摘《してき》する。

「会長。そもそもその計画、スポンサーがいないと成り立ちませんよ？」

「？　そんなの、ホイホイ湧《わ》いてくるよ。だって、生徒会だもん！」

「なんですかその根拠《こんきょ》の無い自信。いいですか。基本的にスポンサーは、視聴率《しちょうりつ》がいい番組に、つくんです」

「？　大丈夫だよ。生徒会だもん。深夜でも、九〇パーセント超えは確実だよ」

「国民の九〇パーセントが深夜に生徒会を見てるって、怖すぎですよ！　しかも、内容は単なるコマーシャル集！」

「むぅ。杉崎は、何が言いたいの？」

「だから、コマーシャルだけの内容じゃ視聴率なんて取れませんし、視聴率取れないなら、スポンサーもつかないという話ですよ！」

「……つまり、内容も無いといけないと」

「当然です」

会長はそこで、「ふむぅ」と腕を組む。

「仕方ないわね。本編も、普通にやるわ」

「そうして下さい」

「その代わり、本編にゴロゴロタイアップ商品出てくるけどね」

「それぐらいなら妥協してもいいですけど……でも、生徒会室が舞台《ぶたい》ですよ？　そんなに色んな商品が出せは——」

「まずは航空会社のJ○Lと全面タイアップ」

「どこに出すんですか、飛行機！」

まるで生徒会に縁《えん》がない企業だった。

　会長は、「そんなの」と普通に答えてくる。

「脚本家《きゃくほんか》の仕事でしょう」

「どんだけ脚本家いじめの企画ですか……」

「他にも、NAS○ともタイアップ」

「だから、どうやって生徒会に宇宙を絡《から》めるんですかっ！」

「それも、脚本家の工夫次第よね」

「脚本家に丸投《まるな》げしすぎですよ！」

　俺だったらストライキするレベルだ。

「更に、自衛隊による全面協力」

「協力して貰う意味が分からない！　どの話に自衛隊が必要なんですかっ！」

「えと……生徒会が、図書室にある本を守るために、銃を手に戦う、みたいな展開の時」

「どこの図書○戦争ですか」

「海上保安庁も全面協力」

「なんで生徒会に海が関係するんです」

「えと……杉崎が深夏《みなつ》に海まで吹《ふ》き飛ばされて溺《おぼ》れているところを、私と知弦《ちづる》がバディとして助けに行く、感動スペクタクルな話で」

「○猿《ざる》！　それは生徒会じゃなくて、海○ですよねぇ！」

「む、もしかして私、ぶれてる？」

「今頃《いまごろ》気付いたんですか⁉」

「そうよね……。うん、全面協力とかじゃなくて、お金を稼《かせ》ぐ手段を考《かんが》えるんだもんね」

「いや、そうじゃなくて、そもそもがですね――」

「ＤＶＤも販売《はんばい》。第一話のみ入って、初回限定版は三十九万八千円」

「高《たけ》ぇ！」

「さんきゅっぱよ、さんきゅっぱ」

「可愛く言っても駄目ですよ！　さんきゅっぱにしても、ゼロが二個ぐらい多いですよ！」

「だって、初回限定版は、特典が豪華《ごうか》だからね……」

「なに付けるんですか？」

「ん、同じＤＶＤもう一枚」

「いらねぇえええええええええええ！」

「ちなみに通常版は三十万円」

「そもそも通常版からして高いんだっ！」

「一枚三十万円と考えると、二枚で三十九万八千円……凄くお得ねっ！」

「そういう考え方してくれる人は少ないでしょうねぇ！」

「アニメ化となれば、オープニングやエンディングのCDも売れるから、ガッポガッポよね！」

「いや、歌が売れるとは、まだ……」

「大丈夫、ビー○ルズが歌うから。新曲」

「そりゃ売れる！　っていうか無理だけど！」

「エンディングはボブ・○ィラン」

「なんで歌ってくれてるんでしょうね！」

「ボブのしっとりした曲に合わせて、私が踊《おど》る。パラパラを。イケイケな感じで」

「すっごい冒瀆《ぼうとく》している気がしますね、なんかっ！　ボブ怒りますよ！」

「と、いうわけで」

会長はそこで一つ咳払いして、提案を締《し》めくくった。

「私の提案は、全部採用ということで」

「なわけあるかぁあああああああああ！」

……今日の会議も、とても疲れそうだ。

【知弦の提案】

「じゃ、次は私が提案していいのかしら？」

知弦さんが待ちわびた様子で身を乗り出してきた。代わりに、今まで喋っていた会長は椅子に深く掛《か》け、ふぅと一息ついた後、わざわざ「口にチャック」の仕草をしてから黙り込む。

それを確認して、俺は知弦さんの方に視線を向けた。

会長とは真反対の容姿の彼女。身長は高く、体つきにもメリハリがあり、なにより雰囲《ふんい》気《き》が理知的だ。とても高校生とは思えないオーラを纏《まと》っている。……まあ、逆の意味で会長も纏っているんだけど。

ダークだったりSだったりする部分はあるけど、総合的には「大人」な女性である。そのため……。

「知弦さんも、アニメの話するんですか？　会長とか椎名《しいな》姉妹、それに俺がこの話題で盛り上がるのは分かるんですけど……」

「あら心外《しんがい》ね。私だってアニメは見るわよ」

「そうなんですか。えと……あ、普通に女性向けのヤツですか？　N○NAとか、そういう――」

「最近だとゴ○ゴ13とかよ」

「渋《しぶ》いっ！」

「幼少の頃は、漫画の○ルゴ13を読みふけり、母に『わたし、しょーらいスナイパーになるぅー！』と宣言する、とても健全な子だったわ……」

「いや、健全なんでしょうか、それ……」

「他にも、見てたのはカ○ジとかア○ギとか哲《てつ》○とかONE○UTSとか……」

「ああ……」

「『もえ○ん』とか」

「うん、今ので分かりかけていた嗜好《しこう》が一気に分からなくなりましたけど」

相変わらず謎な人だった。

「とにかく、私もアニメはそこそこ見るし、興味はあったということよ」

「まあいいですけど。でも、生徒会のアニメ化に際して、知弦さんの好きそうなシリアス要素は入れようがないと……」

「第一話冒頭《ぼうとう》で殺人事件が発生。被害者《ひがいしゃ》は生徒会役員。……オープニングへ」

「めっちゃ興味引かれますけど、怖っ！　っつうか原作完全無視⁉」

「第一話ラストでは、意外な犯人……これまた生徒会役員が捕《つか》まり、終わり」

「一話の時点で二人減りましたけどっ、生徒会！　っていうか、原作をもっと遵守《じゅんしゅ》して――」

「あら。それなら、これから実際にそういう事件を起こせばいいのよね」

「…………」

ガタガタガタガタガタガタ！　口にチャックはしているものの、生徒会役員達は耐《た》えきれず震えだしていた。全員、椅子まで揺《ゆ》れている。

俺達の様子を見て、知弦さんはニィと笑う。

「今のまんまやれとは言わないけど、やっぱりアニメには『引き』が重要だと思うのよ」

「いや、まあ、それはそうですけど……」

「特に第一話は重要よ。考えてもみなさい、キー君。部屋で雑談しているだけの内容で、どうやって視聴者を引きつけるというのよ」

「そんな、この小説全否定みたいなこと言われましても……そういうもんですし、生徒会って」

「小説ならば、まだいいでしょう。会話文だけでも成り立つわ。でも、アニメとなれば話は別。アニメは、『動きのある媒体』なのよ、キー君」

「そんな話、漫画の時にもしましたけど……。いいじゃないですか、別に、このままで」

「……貴方《あなた》にはがっかりよ、キー君」

知弦さんがやれやれと嘆息する。ハーレム王としては聞き捨てならないセリフだった。

「なんですか、それ！　アニメが動く媒体なのは言われるまでもないですけど、俺達は俺達の生徒会を貫いて、何が悪――」

「例えばカメラアングル」

俺の言葉を遮《さえぎ》るように知弦さんが言う。

「え？」

「カメラアングル。今、キー君は、キー君の視点で生徒会を見ているでしょう？」

「と、当然じゃないですか。俺は俺なんですから」

「そうね。そのキー君が一人称《いちにんしょう》で記している小説の読者も、基本、キー君から生徒会を観測するわけね。でも……アニメなら、どうかしら？」

「えと……まあ、FPSみたいに俺視点ってことはないでしょうね。俯瞰《ふかん》カメラみたいなのとか」

「そこよ。たったそれだけのことでも、大きな変化がつけられるわ。例えば……場面によっては私の胸に寄ったりも、するかもしれないわね」

「っ！」

知弦さんが妖艶《ようえん》に微笑み、腕をかき抱《いだ》くようにして、少しだけ胸を強調する。

瞬間……俺は、脊髄《せきずい》反射で叫《さけ》んでいた！

「アニメ化最高ぉ――――――――！」

「分かってくれたようね、キー君」

「ええ！　原作なんか、無視しちまえ！　俺視点なんか、クソ食らえ！」

『ええっ！』

口にチャックをしていたメンバー達が、思わず声を漏らしていた。しかし、そんなのは無視して俺は知弦さんと対話をする。

「そうか……だったら、俺のエロエロ妄想だって！」

「そうよ、キー君。アニメの世界ではなんでもあり。殺人事件も、エロスも、なんでもね」

「漫画では表現できない、胸の微妙な揺《ゆ》れとかも、映像なら見られる！」

「でもキー君。原作に、そんな場面あったかしら？」

俺は知弦さんの言わんとしていることを理解し……ふっと、悪人の笑顔を見せた。

「分かりましたよ、知弦さん。原作無視を、全面的に認めましょう！」

「素敵《すてき》よ、キー君」

知弦さんがぱぁっと笑顔になる。対して、生徒会役員達は全員うつむいて、青い顔をしていた。

「そうとなれば、私、色々やりたいことがあるわ」

「言ってみて下さい。可能な限り、聞きましょう」

「まず……」

知弦さんは下唇《したくちびる》に人差し指を当て、少し思考した後、口を開いた。

「舞台は犯罪が日常的に横行するスラム街」

「いきなり不可能だぁ――――――！」

「原作無視していいのでしょう？」

「いや、せめて面影《おもかげ》ぐらいは残して下さいよ！　そこまでいったら、『生徒会の一存』っていうタイトルである意味さえなくなりますから！　俺のエロ欲求も満たせませんから！」

「仕方ないわね……じゃあ、舞台は生徒会」

「ほっ」

「遥《はる》か未来の」

「年代変えないでぇええええ！」

「核《かく》戦争で荒廃《こうはい》した地球で、他者を蹴落《けお》としてでも必死に生きる生徒会役員達を描いた、極限サバイバルホラー」

「だから、面影さえなくすのやめて下さい！　俺達の物語にして下さいよ！」

「生徒会が舞台で、生徒会役員さえ出てくればいいのね？」

「そうです。それなら、俺のエロ妄想が入る余地も……」

「生徒会室に閉じ込められた生徒会役員達。尽《つ》きる食料。巻き起こる殺人。疑心暗鬼《ぎしんあんき》に陥《おちい》るメンバー達。極限状況の中、遂に第二の悲劇が——というところで、第一話終了《しゅうりょう》」

「俺の幸せなハーレムを返《かえ》せぇー！」

「エロ要素入るわよ。キー君が、本性を露《あら》わにしてメンバーを襲ったり……」

『………』

「ああっ！　やってもいないことで、皆が俺を冷たい目で見てる！」

「というわけで、私にアニメは任せましょう」

「絶対イヤですよ！」

知弦さんの提案は、全面的に却下に決定。

【深夏の提案】

「よっしゃ、あたしのターン！」

知弦さんの番が終わった瞬間、深夏はそう言って勢い良く立ち上がる。俺はそのテンションに一抹《いちまつ》の不安を感じ、彼女を宥《なだ》めることにした。

「なんでわざわざ立ち上がるんだよ……」

「いいじゃねーか、別に。なんとなくだよ」

「いいけど」

いつも通りっちゃいつも通りなんだけどな。無駄にエネルギーが有り余っているのも、とりあえず動き出してみるのも。

深夏はそのツインテールを揺《ゆ》らしながら、こちらにばっと振《ふ》り向いて、自分の提案を告げてくる。

「やっぱりあたしは、ね——」

「熱血要素入れろっていうんだろ？　無理だよ、無理無理無理」

「う……」

俺はテキトーに彼女の提案を却下する。今日の俺は冷たい。なぜなら……俺の提案なんか、する前から却下されているからだ。

深夏は頬をぷくっと膨らませる。

「んだよぉ、鍵《けん》。ノリ悪ぃなぁ」

「ノってもメリット一切無いからな」

「そういうのが、ノリ悪いっつってんだよ！」

なんか怒られてしまった。仕方ないので、俺は「んで」と話を促《うなが》す。

「具体的には、どうしたいんだよ」

「それだけどな。知弦さんが言ったように、アニメなんだから、動きがあるに越《こ》したことはねーと思うんだ」

「まあ、それはそうだけど」

俺だって、この俺達の会議をそのまま全国放送で垂れ流すだけっていうのには、若干の躊躇《ためら》いが無いではない。

そんな俺の考えを察してか、深夏はぐっと拳を握《にぎ》って、力説してきた。

「だから今度こそ、バトル要素を！」

「いやです」

「え、そんな、敬語で否定するぐらいイヤ？」

「いやです。やめて下さい」

本気でお願いしてみた。深夏は「うーん」と腕を組んでしばし逡巡《しゅんじゅん》した後……信じられないことに、「仕方ねぇなぁ」と妥協してくれた。言ってみるもんだ！

「たまにはバトル要素じゃない方向性で、考えてみてやるよ」

「おお……深夏、見直《みなお》したぞ。ちゅーしてやろう」

「とうっ」

——と、立っているのをいいことに、膝を俺の腹《はら》に思い切り入れてきた。……お、おおぅ、昼に食ったおかずのミニハンバーグの風味が、喉《のど》の奥《おく》の方から……。

「ふむ。無理に架空《かくう》のバトル要素入れなくても、日常的に鍵を痛めつけたら、画面に動きが出てくるんじゃないかと気付いたあたし、椎名深夏、高校二年生の秋」

「なんか分からんけど、今日は調子に乗って、ホントすんませんでした」

とりあえず土下座しておいた。……よく考えると、腹蹴《け》られて脅《おど》されて土下座させられて……これ、DVじゃね？　まだ交際さえしてないけど、もう、DVと言って差《さ》し支《つか》えないレベルに来てない？

しかもなにが酷いって、甘い期間とかそういうの一切なしに、いきなりDVという関係性なことだ。

俺が深夏攻略法《こうりゃくほう》を再検討して唸っていると、深夏は勝手にアニメの提案を続けてきた。

「バトルじゃなくても、動きは出せると思うんだ、うん」

「一方的な暴力で？」

「つっかかるなよ。そういうんじゃなくて……例えば、ヒカ○の碁《ご》なんて、メインが碁なのに、ちゃんと見応《みごた》えあるだろ」

「む。一理ある」

「つまり、生徒会で雑談するだけだとしても、やれることは沢山あるんじゃねーかな」

「おお、さっきまでクラスメイトに暴力振るっていた女子とは思えぬ、まともな意見！」

「だろうだろう」

深夏はえへんと腰《こし》に手を当てて胸を張る。

俺は「で」と促した。

「例えば、どんな風に動きを出すんだ、会議に」

「そうだなぁ」

深夏は少し悩《なや》むと、ピンと人差し指を立てて提案してくる。

「効果音つけてみるか」

「効果音？」

「おう。例えば……」

そう言って、深夏は一呼吸置く。そして……。

「護園十三隊二番隊隊長、椎名深夏、参る」

《ドン！》

なんか口で「どん」とか言っていた。……とりあえず……。

「……よくわからん」

「これは、口で言っているからな。実際には、あたしのセリフに合わせて、ちゃんと効果音が鳴る」

「いや、生徒会室で急にそれが入っても……」

「……ドンが駄目なら、バーンとかでもいい」

「いや、そういう問題じゃなくてな」

「なら、音だけじゃなくて、表情も変えるまでだっ」

そう言いつつ、深夏は妹である真冬《まふゆ》ちゃんとの奇跡《きせき》の連携《れんけい》によって、素早くメイクを自身の顔に施《ほどこ》す。なぜか、鼻が高くなって、心なしか顔が鋭角《えいかく》になっていた。そして……。

「考えろ、考えるんだっ！　どこかに勝機があるはずだっ！　考えることをやめるなっ！　考えることをやめた時、人は負け犬になるっ！　勝つんだっ！　勝って、金を掴め！　その金で人生をやり直すんだ！」

「なにその福○漫画みたいな顔、セリフ、そして汗《あせ》！」

「ふぅ。ちょっと違うけど、緊迫《きんぱく》感が出たな、会議に！」

「俺達毎日どんなエゲつない会議してんだよ！　そんな緊迫した生徒会いやだよ！」

「会議に熱中して、汗とか鼻水とか涎《よだれ》とか、鼻血まで出るような感じだと、視聴者も手に汗握るよな」

「なんでそんなハチワン○イバーみたいな状況なんだよ、生徒会」

「とにかく、表情や効果音だけでも、ここまで熱い演出が出来るってことだ」

「いや……あの購買《こうばい》で売れるパンを考えただけの会議とか、どう考えても、その演出そぐわないんじゃ……」

「その場合は、食べ物を一口食べた途端《とたん》、『うまーい！』と口から光を発し、津波《つなみ》やら恐《きよう》竜《りゅう》やら出てくる、みたいな演出もアリ」

「完全にグルメアニメじゃん」

俺は嘆息して、更に突《つ》っ込《こ》んでみる。

「じゃあ、シリアスな会話の時はどうするんだよ。俺達の過去みたいな。無駄に演出したら、台無しだろう」

「そこは……回想シーンを入れる」

「まあいいけど、それにしたって、派手なシーンには……」

「地球誕生の瞬間とか」

「誰が回想してんだよ、それ！」

「ビッグバンの瞬間とか」

「だから、誰の記憶辿《たど》ってやがるんですかっ⁉　そして、そのエピソード必要⁉」

「生徒会のルーツに纏《まつ》わる重要な話だろ」

「生徒会どころか人類、いや、宇宙のルーツにまで迫る必要あるんですかねぇ！」

「ある。最終話で、伏線《ふくせん》として絡んでくるからな」

「どんな規模の話になってんだよ、最終話！」

「いや、会議してるだけだぞ」

「あ、そこは大丈夫なんだ」

「ああ。まあ、会議内容は『我々人類の行く末について』だけどな」

「それまでの回でどんだけ精神的に成長してんだよ、俺達！　最早初回とは別人だろ、おい！」

「ラストシーンは、役員達が『私達と幸福な未来を掴みましょう！』と視聴者に向かって言って終わる」

「なにその怪しい宗教勧誘《かんゆう》みたいな終わり方！」

「ＰＴＡも絶賛の、神アニメになるな、こりゃあ」

「……ある意味神アニメだけど。視点的な意味で。宗教的な意味で」

結論。深夏からは、バトルを取ってもろくなものが残らない。……当然、却下だった。

【真冬の提案】

「皆さん、甘いですねぇ」

深夏が言いたいことを言い切って着席したところで、引き継ぐように妹の真冬ちゃんが喋り出した。

普段《ふだん》は大人しく繊細《せんさい》なタイプの子のくせに、『気心しれた仲』『自分の得意ジャンル』という二つの条件が重なると、途端《とたん》に活《い》き活《い》きとする、典型的なオタクタイプの真冬ちゃん。出来る限り避《さ》けたかったが、今日の議題においては、最も注意すべき人物だった。

早くも上から目線の真冬ちゃん（一番後輩なのに）に対して、俺はすっかり疲れながらも一応対応する。

「真冬ちゃんは……確かにこの中じゃあ、一番アニメに造詣《ぞうけい》深いよね」

「ふふん。ガ○ダムは、SEEDから見てます！」

「浅《あさ》いっ！　意外と浅いぞ、この後輩！」

「冗談です。でも真冬にも、趣味《しゅみ》嗜好というものがありますからね。『アニメ』というジャンルを大まかに括《くく》って『詳《くわ》しい』と認識されるのは、心外なのです。まったく、これだから素人《しろうと》さんは……」

「わー、なんか若干うぜぇー」

「でも、皆《みな》さんより詳しいのは事実です。というわけで先輩。真冬の意見は、積極的に取り入れて行くべきですよ」

「まあ、期待だけはしておくわ」

俺はそう適当にあしらいつつ、早速提案を聞き出すことにする。

「それで、生徒会をアニメにする際は、どうしたらヒットすると思う？」

「……はぁ。これだから、先輩は」

真冬ちゃんはこれみよがしにため息をつく。

「な、なんだよ……」

「そもそも、ヒットとはなんですか。なにをもって成功とするんですか。視聴率ですか。視聴率だけが全てだと思っているんですか」

「え、いや、あの、そりゃ視聴率が良いものが勝ちなんじゃ……」

「はっ！　ちゃんちゃらおかしいですねっ！」

「は、はい」

俺はなぜか背筋をピンと伸《の》ばす。真冬ちゃんはすっかり目が据わっていた。

「視聴率なんか、飾《かざ》りに過ぎませんよ！　偉い人にはそれが分からないんですよ！」

「いや、実際視聴率は重要なんじゃ……ある意味それが全てって言っていいぐらい、重要なんじゃ……」

「…………」

なんか睨まれた。俺は慌《あわ》てて弁解する。

「だ、だって、見てくれる人がいてこそでしょ、作品って」

「……先輩は小説を書いているのに、クリエイター精神というものが、ちっとも分かってませんね」

「そ、そうでしょうか……」

まあ俺の場合、自分で話を考えているわけじゃないしな……。

「いいですか。クリエイターたるもの、自分の作った作品が満足いく出来に仕上がったら、その時点で、もう九十九パーセント『勝ち』なんです。視聴率だなんだっていう『結果』なんてものは、瑣末《さまつ》な問題なんです」

「う、うーん、言わんとすることは分かるけど」

「でしょう、でしょう」

真冬ちゃんはすっかりふんぞり返っている。しかし俺は、反論させて貰うことにした。

「でも、アニメだよ？　アニメはさ……多分、沢山《たくさん》の人の手を借りて作るわけだろうし、少なくとも初めっから俺達の自己満足で終わろうとして作るのは、違うんじゃないかな。自分のやりたいことやった上で、更に、人に受け入れられるよう努力するのは、間違《まちが》いなんかじゃないだろう？」

俺がそう言うと、真冬ちゃんはきょとんとした表情で俺を見ていた。

「え、えと、はい、確かにそうです。……驚《おどろ》きました。結構、分かっているじゃないですか、先輩」

「いや、アニメのことは知らないけど。一応、現実そのままを書いているとはいえ、小説書いて出版までしているしね」

「ふむ……」

真冬ちゃんは考え直すように腕を組み、そして、今度は落ち着いた様子で提案を続けてくる。

「先輩、今言いましたよね？」

「え？」

「『自分のやりたいことやった上で、更に、人に受け入れられるよう努力するのは、間違いなんかじゃない』って」

「え、あ、うん」

しまった。なんか、罠《わな》にハメられた気がしてきた。真冬ちゃんは……ニヤァと笑う。

「だったら、ゲーム要素やBLを盛り込《こ》むのも間違《まちが》いではないはずですっ！」

「大間違いだよ！」

やはりいつもの真冬ちゃんだった。いい話が一気に台無しになる。

「なんでですかっ！　真冬の、今とても素直にやりたいことですよ、ゲーム要素！」

「そういう問題じゃない！」

「そして、人に受け入れられる努力！　BL要素による味付けは、まさにそれ！」

「特定の層《そう》向けすぎるだろ！　そして、むしろ人を遠ざける要素も孕んでいるだろう！」

「BL批判ですか。先輩、もうすっかり作家気取りでBL批判ですか」

「BL自体はいいよ！　俺の現実に持ち込むのをやめろと言っているだけだよ！」

「では、早速具体的な話に移りますが」

「フラグも立てずに次のイベントに進まないでくれます!?」

「アニメは、皆さんが言われたように『動き』も映えますけど、やっぱり一番の魅力は、

『空気感』を視聴者に伝えられることだと真冬は思うわけです」

「空気感？　小説じゃ駄目なの？」

「一概《いちがい》には言えないですけど、視覚・聴覚《ちょうかく》をフルに使う分、やっぱりアニメはその世界を身近に感じやすいです。臨場感が出ます」

「まあ、そうかもね」

「だからこその、ＢＬです」

「うん、真冬ちゃんは俺達とは別の道を歩んで、そっちで頑張《がんば》って下さい」

「大変魅力的《みりょくてき》な提案ですけど、真冬は生徒会で……杉崎先輩でＢＬがしたいんですぅっ！」

「なにそのいやすぎる告白」

「先輩みたいな女好きな人が、徐々《じょじょ》に特定の男子と心の距離《きょり》を縮めていく……ああ、いい感じです」

「そういうのは、せめて趣味だけで終わらせておいてよ」

「むむぅ……じゃあ、せめてゲーム要素は入れましょう」

「生徒会の日常に、そんな要素が入ってくる余地はありません」

「メッセージウィンドウが画面上に表示されたり」

「それなんてエロゲ」

「先輩、好きでしょ？」

「アニメに持ち込みたいとは思わないよ」

「生徒会役員がジャンプする度《たび》に、マ○オが跳《と》んだような効果音をつけたり」

「それこそ空気感おかしくならない⁉」

「碁盤《ごばん》の目になってマス目を上から見下《みお》ろした視点で、隣接《りんせつ》したユニット同士が会話する様子をお送りしたり」

「なんでファイ○ーエンブレム方式⁉」

「あ、いっそ東○シリーズみたいに美しく圧倒《あっとう》的な弾幕《だんまく》で画面を覆《おお》います？」

「本編が全く見えないじゃん！」

俺の容赦ないツッコミに、真冬ちゃんは顔をしかめる。

「むぅ。先輩は文句ばっかりですね」

「そもそも意見を言う権利が奪《うば》われてるんだから、文句ぐらい言わせてくれよ！」

「じゃあ先輩は、権利さえあれば、いいアニメ化案言えるんですか？　真冬達の提案を凌《りょう》駕《が》し、小説とは違うアニメを映えさせる、画期的なアイデアを持っていると言えるんですかっ！」

真冬ちゃんに強気《つよき》に出られてしまった。しかし俺は……ここで、みの○んたさんばりにズバッと言ってやることにした。

「アニメのことは、アニメのプロに任せるのが一番だと思う！」

『…………』

生徒会に広がる沈黙《ちんもく》。カチカチカチと時計の音。そして……。

『ですよねー』

今日の無駄話《むだばなし》、これにて終了だった。

「会長可愛すぎるぜ……ハァハァ」

by 杉崎

【会長の手紙】

桜野《さくらの》くりむ

サンタさんへ

まえりゃく。

お元気ですか？　私は元気です。どれくらい元気かというと、友達の知弦《ちづる》が「せめて冬の間ぐらい、もう少しだけでいいから、落ち着いてね……」と、なんだかげんなりしてしまっているぐらい元気です。えへん。

サンタのおじいさんは、風邪《かぜ》とかひいてませんか？　ふっふっふ。私ももう子供じゃないので、サンタさんが、風邪もひかないファンタジックな存在だとは思ってないのです！

サンタの正体、見たり――！　というわけで、サンタさん。いえ。

トナカイで真冬に空を音速で爆走《ばくそう》する超長生きなお金持ちおじいさん！

今年《ことし》も、体調に気をつけて安全運転で年に一度のお仕事……プレゼント配《くば》りを実行して下さい。そうそう、私はもうグラマラスな大人だけど、びっくりするほどいい子なので、例年通りプレゼントの配達よろしくお願いします。

ところで、サンタさん。今年は一体、何人程バイトさんを募集《ぼしゅう》してますか？……この唐突な核心《かくしん》をついた質問に、サンタさんは今、腰を抜《ぬ》かしていることでしょう。

ふっふっふ。私ももう大人なので、その辺の事情は推理出来ているのです。よく考えたら……ありえないじゃないですかっ！　おじいさんが一人で全国にプレゼントを配るなんて！　大人な私には、そんなおとぎ話は通じないですよ！

そう！　サンタさんは、年賀状配達時の郵便局と同じように、バイトを雇《やと》っているんだと、私、桜野くりむは確信したのです！

ただ懸念《けねん》されるのは、空飛ぶトナカイさんの数でしょう。あれは、多分とても希少なのだと思います。私が動物園でいっぱい探しても見つからないぐらいですから、かなりレアなはずです。断言します。空飛ぶトナカイさんは、あんまりいなーい！

ふふふー。私のあまりの推理力に、手紙を読んでいるサンタさんの顔が蒼白《そうはく》になっているのが、手に取るように分かります。しかし、本番はここからですよー
空飛ぶトナカイさんの数が少ないので、バイトさんもそんなにいっぱいは雇《やと》えないと思います。つまり……このバイトの倍率はとても高い！　東大入試……いや、ＭＩＴ入学より、難易度が高いはずです！　なんたる難関！　しかし、だからこそ……。

この私、桜野くりむのバイトにふさわしいと言えるのだー！　ふはははははー。

こほん。そんなわけで、本題です。私を、バイトに雇って下さい。

ネットの求人情報で検索《けんさく》しても出てこなかったので、直接手紙を送ることにした次第なのです。トップたる「サンタさん」に直接手紙を送る……これほど効果的な手段は他にないはず！　どうです！　私のこの有能さ！　バイトに欲しくなったでしょ？

ちなみに、私はとてもいい子なので、サンタの素質があると思います。いや、生徒会役員にさえ選ばれるこの私に、素質がないわけないのです。

時給は八万円でいいですよ。一時間働いたら、二時間は休憩《きゅうけい》が欲しいです。勿論、その間も有給です。空飛ぶトナカイさんに関《かん》してですが、私のは超サラブレッドフライングト

ナカイ「AKAHANA　プレミアム」あたりを四頭ほど用意しておいて下さい。……むむ、なんて過酷な重労働。最早ボランティアと言っていいぐらいの待遇《たいぐう》です。でも、サンタさんの頼《たの》みとあらば、優しい私は、喜んで引き受けましょう。良かったですね、サンタさん。今年は有能な人材が応募《おうぼ》してきてくれてっ！

さて、もうバイトに雇うことは確定ということで、仕事の話に行くよ。あ、もう私バイトの中でもかなりのお偉《えら》いさんに就任したから、ここからタメ口ね。

まず、今年のバイトさんの数は、私が超高度な演算で弾《はじ》き出した結果、私を含《ふく》めて五人！　サンタさん本人を入れても、六人だね。というわけで、私自ら、担当区域を決めてあげる。以下が、それだよ。

・サンタさん本人……日本（私の家には本人が来てほしいもん）
・バイトA……アメリカ
・バイトB……ヨーロッパ
・バイトC……アジア（日本以外全部）
・バイトD……アフリカ
・私……無人島

極めて均等で、素晴らしい配分！　まあ強いて言えば、私の労働量が若干多いけど。世界を股《また》にかけるし。でもそこは、有能な私だから、任せておいて。

さて、次は配るプレゼントについて。おそらくサンタさんはとてもお金持ちのおじいさんだから、お金の心配はしなくていいよね。多分、トナカイさんで移動しているから交通費が浮《う》いて、それで、お金持ちなんだろうね。……バスとか乗ったら、小銭すぐなくなっちゃうもんね……くすん。あれが浮くとなれば、その節約効果たるや、全世界の子供にプレゼントを配りまくってもあり余るんでしょ。

そんなにお金があるなら、今年は、ちょっとひと味違う、高級感溢《あふ》れるプレゼントをしよう！　昨今、コンビニとかでも、ちょっと高いぐらいのおやつが売れるからね！　今年のサンタはひと味違うよー！　例えば……。
・ロボットのプラモデルが欲しいっ。
という子供がいたら。いつもなら枕元《まくらもと》にガンプラとかを置くところだけど、今年は――

その子の家の周辺一帯を最新兵器開発機関の研究所にして、さらにその子を所長とすることで、リアルなストライク○リーダムとかを自由に作らせてあげよう！

うん、完璧だね！　子供、大はしゃぎだよ！　実際にビームとか核とか撃《う》てると、大興奮じゃないかな。うんうん、優しいサンタさんだなぁ。

他にも、
・可愛いお洋服が欲しいの↓即座《そくざ》に、世界のトップブランド十位以内の代表取締役《とりしまりやく》を招集して、この子に似合《にあ》う服の仕立てに着手。朝までに完成させ、起きたら既にパジャマじゃなくてドレスに！
・面白いアニメのＤＶＤ↓「Ａ君のためのアニメ制作委員会」立ち上げ。翌日から毎日、翌年のクリスマスまで連日放送。全三百六十五話。総集編なし、作画崩壊《ほうかい》なし。
・新しいゲーム機↓その子のための新しいゲーム機製作。朝までに。しかも翌日からソフトも続々販売。ドラ○エもＦＦもマ○オも出るようにする。

・お人形さん↓その子の傀儡《かいらい》となる人材を大量派遣《はけん》。朝には「私めはA子様の人形です。なんなりとご命令を」しか喋らない奴隷《どれい》さん達がベッドの周りにずらり。

・愛が欲しい↓ラブコメをプロデュース。両親が海外出張で不在という状況、パンをくわえて走る状況、美少女とぶつかる状況、相手が転校してくる状況、ケンカしながらも打ち解ける状況、全てを裏から操作する！

・三年前から帰ってこないお父《とう》さん↓朝までに発見。連れてくる。刑務所《けいむしょ》の中だろうが、天国だろうが、異世界だろうが問答無用で連れ帰る。それがプロのサンタ。

・星を我が手に↓地球は私のものだから駄目なので、とりあえず朝までに火星をテラフォーミング。人が住める環境《かんきょう》にしてプレゼント。それがサンタクオリティ。

・平和↓「サンタレルビーイング」による武力介入《かいにゅう》を開始。朝までに全ての紛争《ふんそう》を撲滅《ぼくめつ》する！

と、こんな感じで「子供が望んだ以上の結果」を、今年は提供していこうと思うわ。ふぅ。……我ながらこの才能が恐ろしいわ。サンタ業界にまで革命を起こしてしまえる、この溢《あふ》れんばかりの才能が。

まあそんなわけで、今年のクリスマスはバイトさせて貰うので、よろしくね、サンタのおじいさん！　あ、サンタ服は手芸部に注文して特注のを作って貰うから、用意してくれなくても大丈夫だよ。この気の利きよう、有能すぎて困っちゃうでしょ。

最後に。

今年は私もサンタさんだから、おじいさんにもプレゼントあげるね。あのね、毎年頑張って子供にプレゼントしてくれているサンタのおじいさんにこそ、クリスマスプレゼントあげる人がいないと駄目だなって、思ったんだよ。うちの学校の生徒達もたーくさんサンタさんから笑顔貰っているから、ちゃんとお返《かえ》ししないとねっ！

そんなわけで、今年のクリスマスをお楽しみに！

みんな笑顔で、ハッピークリスマスだよっ！

曹操《そうそう》

「ちょっと、なんでカット指定したシーンも掲載されてるのよ！」by巡

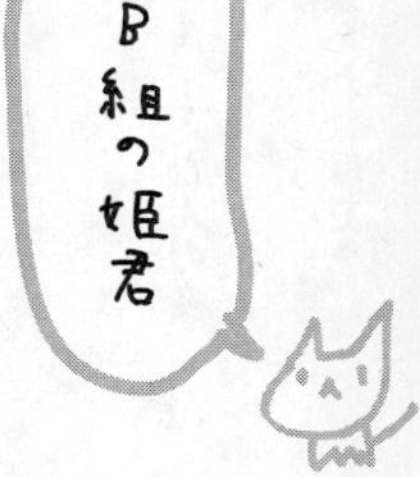

【二年B組の姫君】

アイドル、星野巡《ほしのめぐる》。

女優、歌手、バラエティ出演とマルチな活躍《かつやく》を見せる彼女。

最近ではテレビで見ない日はない彼女だが、その活躍の裏には、決して表では見せない、苦労と挫折《ざせつ》があった。

これは、トップアイドル星野巡の隠された日常生活に、丸一日密着した取材の記録である。


——嬢熱《じようねつ》大陸～アイドル、星野巡～——


朝靄《あさもや》が包む田舎町《いなかまち》の静寂《せいじやく》を、小鳥の囀《さえず》りだけが彩る。閑静《かんせい》な住宅街の一角……なんの変哲《へんてつ》もない民家の中、その少女は誰よりも早く活動を開始していた。

星野巡、十七歳。高校二年生。そのぱっちりとした瞳《ひとみ》、シャープかつ柔《やわ》らかな顔立ち、艶《つや》やかで清潔感に溢れる髪、キメの細かい白い肌《はだ》。一見して、一般人《いっぱんじん》とは一線を画すオーラを、彼女は放ち続けている。そう……彼女のもう一つの顔。それは……アイドルである。

洗面所で歯を磨《みが》いている彼女を、早速スタッフは直撃《ちょくげき》した。……ちなみに、パジャマで寝起《ねお》き風なのに、メイクや髪のセットがばっちり整っており、カメラをチラチラ見ているように感じられるのは、我々の勘違いだろう。

――おはようございます。

「あ、おはよう。今日はよろしく」

――いつも朝は早いのですか？

「そうね。私ぐらいになると、仕事が無くても起きちゃうわね。そういう性分なの」

――素晴らしい心がけですね。

「まあ当然の心がけよね。プロとして。生活リズムを大切にするっていうの？　おほほほほほほほ――」

「嘘《うそ》つけ、こら、いつもは腹出してだらしなく寝《ね》て――」

「せいっ」

「ぐはっ！」

――？　あの、今、いらっしゃった方は？　なぜか、どこかに吹《ふ》き飛んでいってしまいましたが？

「ああ、あれは、弟よ。弟の、守《まもる》。最愛の、弟よ」

「……あ、愛？　はん、オレは姉貴からそんなもの感じたこと、一度だって──」

「とりゃ」

「ぐふ」

スタッフの目の前で倒《たお》れる青年。守君、十六歳。茶髪《ちゃぱつ》でワイルドなこの彼《かれ》こそ、巡の弟である。スタッフは彼の様子に、ぎょっとした。

──あの、弟さん、泡吹《あわふ》いてますけど……

「あらあら、この子ったら、二度寝《にどね》しちゃって。仕方ない子ねぇ」

巡はそう言うと、守君に毛布をかけてあげるのだった。……巡は、アイドルである以前に、弟を想う一人の姉なのだ。カメラを意識しているように見えるのは、我々の気のせいに違いない。

──お優しいのですね。

「あ、あらそう？　そう見える？　困っちゃうわね。そんなつもりじゃなかったのに。うふふ」

──ところでお食事は、いつもどうされて？

「そんなの、守に作らせるに決まって——い、いえ、私が、いつも愛情を込めて作っているわ。ええ」

——お料理まで出来るんですか。それは凄いですね。

「え、ええ。私ぐらいになれば、当然ね」

——では今日も、これから調理を？

「そ、そうね。…………。……あ、あら、もうこんな時間！　そろそろ登校の準備をしないといけないわ！　ちょっと、今日は朝ご飯《はん》の暇《ひま》ないわね！　残念！」

唐突にそんなことを言い出す巡に、スタッフは戸惑《とまど》いを隠《かく》せなかった。

——え、まだ時間ありますよね？

「こ、これだから、素人は。アイドルともなれば、衣装チェックにも膨大《ぼうだい》な時間を必要とするのよ」

——制服で学校行くだけなのにですか？

「え、ええ。いついかなる時もイメージを崩《くず》さないようにするのも、アイドルの務めよ」

——ははぁ、深いですね。

「浅いだろ」

「てぃ！」

「げはっ！」

――あれ？　今一瞬《いっしゅん》、弟さんが目を覚ましていたような……

「き。気のせいでしょう。さて、私は今から着替《きが》えます。一旦《いったん》、カメラ切ってくれるかしら」

――あ、はい。了解《りょうかい》しました。

星野巡。彼女への密着は、まだ、始まったばかりである。

CM

巡が通う学園近くの通学路。決して生徒数は多くないこの学校だが、通学路は明るい喧《けん》噪《そう》に満ちていた。これも、巡の人徳がそうさせているのか。

驚くべきことに、アイドルである巡本人も、弟の守君と共にそこを歩いていた。

――車などは使わないのですね。注目されませんか？

「ええ。私は、自分が特別などと思ってませんから。皆さんとこうして一緒《いっしょ》に歩くことこそ、至福の時なのです」

「単純にキャアキャア言われるのが好きなだけだろ。まあ、碧陽《へきよう》の生徒は誰も今更《いまさら》姉貴にキャアキャア言ったりしねーけど」

「あ、スタッフさん。弟の発言は、全部ピー音処理お願いします」

「オレ別に放送禁止用語とか一切言ってねーけど！」

「あと、基本的に弟の顔、モザイク処理お願いします」

「オレめっちゃ危険人物じゃん！　アイドルの周囲うろちょろして、ピー発言しまくる危険人物じゃん！　やめろよ、その処理！」

　巡と守君の仲むつまじい姿に、スタッフの口元も綻《ほころ》ぶ。

「スタッフ笑ってんじゃねぇよ！　そんな微笑《ほほえ》ましい場面とかじゃねーから！　本気で迷惑かけられている光景だから、これ！」

　守君は、ユーモアセンスに溢れた子なようだ。

　——弟さんと、仲がよろしいのですね。

「ええ、勿論。私の……たった一人の、家族ですから」

　巡の告白に、我々は息を呑《の》んだ。

「三年前……深夜我が家に押《お》し入った強盗《ごうとう》に、私達の両親は……くっ」

「いや両親めっちゃ健在だろ、おい。今仕事で家を空けてるだけ——」

「あの惨劇《さんげき》を経て……私は、決意したのです、強く、なろうと。せめてこの子だけは……弟だけは、養っていける女に、なろうと」

「おい、こら、オレの発言全部処理してるのか、これ」

……大変でしたね。

「ちょ、スタッフ！　てめぇもか！　くそ、マスコミは腐ってやがるっ！」

「ええ。まあ、甘《あま》やかしすぎたせいか、弟は、ちょっとやんちゃになっちゃいましたけどね。てへ」

「苦笑してんじゃね――――――――――！」

星野巡。彼女が笑顔でアイドルをする陰《かげ》には、壮絶《そうぜつ》な背景が隠されていたのだ。

――では、学生ながらアイドルという仕事も懸命《けんめい》にこなしているのは……。

「ええ……弟を、幸せにしてやりたい一心です。この子には、のびのび、自由に育ってほしくて……」

「オレ今めっちゃ不自由ですけど！　発言の自由とか、なんか色々奪われてますけど！」

「あ」

その時巡が、何かに気がついた。彼女の視線の方向へとカメラを向けると、そこには、こちらに向かってくる一人の男子生徒が。笑顔が眩《まぶ》しい男子である。

「よ、巡、守。おはよ」

「うぃっす、杉崎《すぎさき》」

「……お、おはよう、杉崎。……しまった……どう説明しよう、こいつ……」

「？　どした、巡。いつも変だが、今日はより一層変だな……って、なんだこのカメラ。なに？　取材？」

青年は我々のカメラに興味を示してきた。

「え、ええ。その……今日一日密着してるの」

「ふぅん」

巡と親しげな彼のことを、我々は訊ねることにした。

――あの、巡さん。こちらの方は？

「え？　えっと、彼は……杉崎鍵《けん》君といって……そ、その。…………ただのクラスメイトです！　ええ！　ただのクラスメイト！　それ以上でもそれ以下でもない！　本当に……その、ただの、クラスメイトです！」

――そうですか。……なんか、泣いてません？

「泣いてないです！　ただの、クラスメイトなんですもん！　ただの！」

「お、おい、巡。どうした。っつうかなぜそんなにクラスメイトを強調してんだ。たしかに俺達は、ただの、クラスメイトだが」

「う、うぁーん！」

　唐突に我々に背を向ける巡！　取材班は慌てた！

　──め、巡さん⁉　どうしたんですかっ、急に走り出して！

「……スタッフさんよ。今は、そっとしておいてやってくれ。弟のオレからの、一生の頼みだから」

　──は、はぁ。

「なんか相変わらず、お前らの日常は騒《さわ》がしいなぁ」

「ほっとけ」

　スタッフは彼らと共に、巡を追う。

　巡の学校生活は、こうして、慌《あわ》ただしく開始されるのだった。

CM

　授業中。ノートをとる星野巡の横顔は、まさに真剣《しんけん》そのものだった。アイドルである彼女だが、勉学を疎《おろそ》かにすることはないようだ。……カメラを意識しているように見えるのは、カメラアングルや光の加減など、そういったもののせいである。

——お仕事で忙《いそが》しい中でも、真面目に授業を受けているんですね。

「ええ、勿論。私、学生ですから」

——立派ですね。アイドル一本で行こうとは考えないのですか？

「アイドルである前に、私は、ここの学生ですから。勉学こそ、学生の本分です。うふふ」

——真面目ですね。尊敬します。

「おーい、そこ！　私の授業中にカメラと話してんじゃないぞ、こら！　どこが真面目学生だ、おい！」

若く美しい女性教師が、巡を注意する。巡はスタッフの方を見ると、手で「カット」を示してきた。

「あの先生……真儀瑠《まぎる》先生の発言も、基本切り捨てでお願いします」

「じゃあ授業中にカメラ回すな、こら」

巡は、学生でありながらも、やはりプロのアイドルでもあるようだ。番組作りにも真剣に取り組むその姿勢には、我々も感心するばかりである。……決して、自分に都合の悪いシーンをカットしようなどという邪《よこしま》な考えではないだろう。

我々は、更なる質問を試みた。

——巡さんは、成績は、いい方なんですか？

「ええ、学年トップです、常に」

「おおっ⁉　なんか俺のアイデンティティ奪われてる！」

——？　お友達の杉崎君が騒《さわ》いでらっしゃいますが……

「気にしないで下さい。彼は『ああいう人』なんで」

「なにその説明！　俺、全国的にめっちゃ勘違《かんちが》いされるじゃねーか！」

「目に黒線入れておいて下さい。声質も処理しておいて下さい」

「嬢熱大陸じゃなくて、俺だけ警視庁24時の酔《よ》っぱらいみたいな扱《あつか》いですねっ！」

「いつも、妄想にとらわれて……可哀想な青年なんです。……私がいないと、駄目なんです、彼」

「や、だから、なんなのその説明！　歪んだ番組作ってんじゃねぇよ、こら！」

——……大変ですね。

「ちょ、スタッフ⁉　お前までかっ！」

「諦めろ、杉崎。オレも諦めた。……マスコミは、腐《くさ》ってやがんだ」

「守……。くそ！　そういうことなら、もうヤケだ！　折角全国放送なんだし……深夏《みなつ》ぅ——————！　愛してるぜ——————！」

「な――！　なに叫《さけ》んでんだ、こら！　あたしを巻き込《こ》むな！」

深夏、という少女が叫ぶ中、我々は巡にカメラを向けた。すると……。

「…………ぐぐ」

――巡さん？　爪《つめ》をそんなに強く噛《か》まれて……ど、どうされたのですか？

「……深夏……あの女……。なんて……羨ましい……」

――め、巡さん？

「こら杉崎てめぇ！　み、深夏に、なんてこと叫んでやがるこら！」

――なぜか守君も憤慨されてますね。どうされたのでしょう？

「す、杉崎君！　ボクにも！　ボクにも言ってほしいですっ、それ！」

「言うかっ！　なんで中目黒《なかめぐろ》にまで愛を叫ばなきゃならねーんだよ！」

「いいじゃない、折角なんだしっ！」

「ふざけんなっ！　俺は、深夏を愛してるんだっつうの！」

「っぅー！　そ、それ以上言うんじゃねぇー鍵！　か、顔が熱いんだよ、ちくしょう！」

――巡さん。あの深夏さんという方も、かなり美しい方ですね、やはり、巡さんのこと
といい、この土地にはアイドルを育む土壌《はぐくどじょう》が……って、巡さん？

「うぬぬ……ぬぬぬぅ！」

——め、巡さん！　なんか、放送出来ない顔になってますけど、大丈夫ですか⁉

「……ハッ！　い、いや、なんでもないですよ。おほほほほほ」

——そ、そうですか。良かった。

「いいわけあるか。お前ら……私の授業を聞けぇえええええええええええええええ！」

巡のクラスの授業風景は、彼女を中心として実に活気に満ちあふれていた。………スタッフの脳裏に「学級崩壊」という四文字が浮《う》かんだのは、恐《おそ》らく、気の迷いである。

CM

休み時間になると、巡の席の周りにクラスメイトが集まってきていた。弟の守君、クラスメイトの杉崎鍵君、中目黒善樹《よしき》君、椎名《しいな》深夏さんという面々だ。こういった一般《いっぱん》生徒とも、巡は分け隔《へだ》てなく接する。アイドルの鑑《かがみ》である。

ちなみに巡以外皆不満そうな顔をしているように見えるのは、思い過ごしである。

——休み時間は、いつもこのように？

「ええ、そうですね。私ぐらいになると、友人達が自ずと私を囲むのです」

「いや、普段はむしろ巡さんがボク達の……杉崎君の席の周りに素早く――」

「よーしーきぃー？」

「ひっ！……そ、ソーデスネ。ボクら、巡さん、大好きー！」

「中目黒……お前……」

「うぅ……ボクは、また、いじめに屈《くっ》しました……」

巡はやはり、クラスでも中心人物なようだ。

――巡さん、やはりどこでも大人気なんですね。

「そうね。私の人望のなせる業《わざ》かしら」

「……なんであたしが、巡の番組に協力なんてしなきゃなんねーんだよ……」

「ボクも……杉崎君と普通に喋りたいなぁ」

「俺、さっきクラスメイトから借りたグラビア雑誌を早く見たいんだが……」

――……人望、あるんですよね？

『…………』

「も、勿論よ！　ねぇ、皆！　皆、私のこと、大好きよね!?」

「よ、ね！………。…………ね？」

巡はなにか、カメラに背を向けて、友人達だけに顔を向けた。——と、その直後、驚くべきことに、全員が背筋を伸ばして、一斉に叫んだ。

『はい、大好きです！』

「そうよねぇー」

——巡さんは、学校でもアイドルなんですね。

「この体から滲《にじ》み出るオーラは、とても隠しきれないのよね」

「確かに、そのドス黒いオーラは画面越《ご》しにも充分伝わる——」

「杉崎、なんか言った？」

「なぁーんにも言ってません！　巡様は、俺達のアイドルだぜ！　ひゃっほう！」

「そうよねぇ」

巡の人気は最早不動のもののようだ。やはりアイドルたるもの、周囲の一般人からも自ずと好かれるものなのだろう。我々は、星野巡という女の子の圧倒的なカリスマ性に、打ち震えた。……決して、暴力的なオーラに震えたわけではない。

——普段は皆さんで、どういう話をされるんですか？

「専《もっぱ》ら、私の美貌《びぼう》を褒め称《たた》えることに終始するかしら」

「どんな休み時間だよ。青春の無駄遣《むだづか》い甚《はなは》だしいな、おい」

「私、アイドルだからね。皆、私と一緒にいるだけで癒《いや》されるみたい」

「い、癒される？　よく言うぜ、俺や守のここ最近の生傷は全部巡のせい――」

「あ、ちょっと待ってて下さいね」

「え」

唐突に、巡は杉崎君を連れて教室から退室していった。スタッフが呆然と状況を静観する中……廊下《ろうか》からはドスドスと鈍《にぶ》い音が響《ひび》いてくる。我々は、なぜか、背筋に冷たいモノを感じていた。なぜかは、分からない。

「お待たせしました」

巡と、生気の抜《ぬ》けた杉崎君が帰還《きかん》したのは、一分後のことだった。

――どうされたのですか？……杉崎君の顔色が優れないようですが……

「あらぁ、なんのこと？　杉崎、元気よね？」

「……はい。元気です。俺、元気です。とても、元気です。心配しないで下さい。元気ですから。母さん、俺は、元気ですから。暴力なんて、受けてないです。受けてないんです。俺は、友達と、遊んでただけです。いじめなんかじゃないです。ふざけてただけなんです。はい。巡さんは、悪くないです。はい。……ところで、ちょっと屋上に行きたいです」

――な、なんか彼、精神的に危うい気が……

「気のせいですよ、スタッフさん。……彼、『ああいう人』なんです」

──そ、そうですか。

「……貴方には真実が見えましたか？」

──あの、守君？　カメラに向かって、急に何を？

「……なんでもねぇ。ただ、視聴者が、このドキュメンタリーをちゃんと、ちゃんと見てくれることを、心から祈《いの》っただけさ」

──はぁ。

我々は、それ以上追及《ついきゅう》しないことにした。

──ところで、杉崎君と椎名《しいな》さんは生徒会役員とのことですが。

「ああ、そうだぜ。あたしとコイツは、副会長だ」

──確か、この学園は人気投票でしたよね？　なら巡さんは──

「ああ、そんなの、巡になんか誰も入れるわけが──」

「みーなーっ？……………妹は体の弱い子だったわねぇ、確か。……今日も、無事に下校出来ればいいけど……」

「っ！　い、いや！　巡様は、ダントツ人気だったのだけれど、アイドルの仕事が忙しいから、その、泣く泣く辞退を……」

――そうだったのですか。

「そうなのよ。私ぐらいになると、碧陽の生徒全員が全ての枠に私で投票しちゃって、他の役員が決まらないぐらいだったのだけれど……仕事がどうしても、ね」

星野巡が仕事にかける情熱は、本物である、我々は、胸に熱いものを感じていた。

――やはり、人望があるのですね。

「ええ、勿論。ここに居る中目黒善樹君も、最近転校してきた子なんだけど、今となっては私に夢中だもの。ね？」

やはり、彼女のアイドルとしての才能は圧倒的なようだ。しかし、肝心《かんじん》の善樹君はどこか不満そうである。

「え？　いや、あの、ボクは……杉崎君のことが、一番……」

「や、中目黒、全国放送でその回答はやめろ」

「でも杉崎君っ！　ボク……ボク、自分の気持ちに嘘はつけないよ！」

「だから、そういう発言もやめろよ！」

「……仕方ないわね。善樹……自分の素直な気持ち、言いなさい」

「巡!?　なんでここだけ譲《ゆず》んの!?　演出方針貫《つらぬ》けよ！」

「分かったよ、巡さん。……ボク……ボク、杉崎君のことが、大好きだ――！」

「全国放送で叫《さけ》んだぁああああああああああ！」

そこでチャイムが鳴り、我々は休み時間の取材を切り上げた。……中目黒君と杉崎君の関係性が気になりはしたものの、我々の目的はあくまで星野巡の取材。

我々スタッフは、好奇心《こうきしん》をぐっと抑《おさ》えたのだった。

CM

夕暮れの町に、哀愁《あいしゅう》を誘《さそ》うチャイムが響《ひび》き渡《わた》る。学校での一日が終わり、HRを経た後、巡は守君をも待たず、誰よりも早く校舎を出て、マネージャーの運転する車に乗り込《こ》んでいた。

――これからどちらへ？

「あ、仕事です。いつもは週末に上京するんですけど、今日は、地元ローカルの番組に」

――今でも、そういった仕事を受けているのですね。

「だって、平日の放課後なんてこの田舎《いなか》じゃそれぐらいの、しけた仕事しか――っていうのは冗談で、ええ、私、地元を大事にするアイドルなんで」

――大変じゃないですか？

REC

「大変？　まあそうね。でも私、ダラダラしている人が楽で、忙しくしている人が大変だとは思ってないわ。っていうか、大変だと思っていたら、こんな仕事やってられ——っていうのも嘘で、ええと、そう。私、地元のためなら、身を粉《こ》にして頑張りたいと思っているの、ええ」

——立派な心がけですね。

「そ、そうね。……本当は、金と恋《こい》と名誉《めいよ》のためだけど……」

——？　すいません、今のところ、マイクが拾いきれなかったのですが……

「なんでもないわ。あ、ついたわよ」

車は、地元の古びたスタジオの駐車場《ちゆうしやじよう》へと停車する。今や日本のトップアイドルたる巡には、あまりにも不似合いな場所。しかし彼女は、特に気にした様子もなく、マネージャーを引き連れて歩き出した。

「おはようございますぅ〜。今日も頑張りましょうねっ」

すれ違《ちが》うアルバイトらしきADなどにも、巡は積極的に明るく挨拶をする。……AD達がキョトンと不思議そうに巡を見ていたのは、たまたまだろう。

——いつも、こんな感じなのですか？

「ええ、勿論。裏方さんが居て、初めて、私達出演者が輝《かがや》くのですから」

巡のプロ精神は本物のようだ。マネージャーさんが「……ふっ」となにか複雑そうな笑顔で笑っていたのは、巡のコメントとは無関係であると信じよう。

巡の今日の仕事は、地元情報番組のコメンテーターである。週に一回のレギュラーであるという。

今回は、たまたま東京から週末の番組収録のために来ていたグラビアアイドル、多波《たなみ》かおりもゲスト出演のため駆《か》けつけていた。

多波と巡は、デビューが同時期ということもあり、よく現場で会うらしい。スタジオ入りした巡に、多波が話しかけてきた。

「あーら、巡。久しぶりね」

「げ、かおり。…………じゃ、なくて、こ、こほん。あら、多波さん。ごきげんよう」

「？　なにその気持ち悪い……あら、カメラがあるのね。なるほど」

「……なにか、ご用でしょうか？」

「あら、知り合いに用もなく話しかけちゃいけないのかしら？」

「……いつもは話しかけて来ないくせに……自分の方がカメラを意識してんじゃん……」

「なにか？」

「いーえー。なにもー」

——多波さんは、巡さんと仲がいいのですか？

「え？　そうね。巡とは、とっても、仲がいいわよ。巡は、私と違ってテレビでも大活躍ですから、私達同期の中でも、よく話題になるんです。巡は、ホント、私達の希望の星よねぇー。私みたいな庶民《しょみん》と違って、巡は、凄《すご》いものねぇー。ね、巡？」

「そ、そんなことないわよ。や、やーねぇ。……くそ、後で覚えてろよ……」

「今日も私、週末に収録する巡の番組に呼ばれて来たんですよ。やっぱり巡ぐらいになると、私達とは格が違いますよね。私のような有象無象《うぞうむぞう》のグラビアアイドルとは、大違《おおちが》い。巡は、私のことなんて、なんとも思ってないのかもしれませんね。ね、巡？」

「そ、そんなこと、ないわよ。……くぅ、なんなのよ、コイツ。殴《なぐ》りたいっ」

「あら、巡。なにブツブツ言ってるの？　もっと、マイクが拾えるよう喋ったら？」

多波と巡は、とても仲むつまじい関係のようだ。しかし、巡は唐突に時計を見て、番組スタッフ達の方に視線をやった。

「……ちょっと、そろそろ打ち合わせしないと……」

「打ち合わせ？　あら、巡は、こんな小さな地方番組でも、律儀《りちぎ》に打ち合わせとかするのね。やっぱり、売れてるアイドル様は違うわねぇ。……カメラの前だからかしら」

ふとそこで、我々は巡の雰囲気が変わったような印象を受けた。

「……貴女《あなた》がどういうスタンスでいようと勝手だから、いいけど。……そうだ、うちのマネージャーがなんか貴女に話があるって言ってたわよ。それじゃ、私、打ち合わせするから。またあとで」

巡は、カツカツとその場を離れ、番組スタッフ達の方へと向かっていった。我々は慌てて彼女の後を追う。

——あの、多波さんとは仲がいいんですよね？

「……いいわよ。……ごめん、ちょっと、離れててくれる？　これから、打ち合わせだから」

——あ、すいません。

我々は巡の注意通り、現場から少し離れた場所でカメラを回し続けた。

巡の打ち合わせに臨む姿勢は、今までの巡のどの表情とも違った真剣さを伴《ともな》っていた。

星野巡。彼女の多彩《たさい》な表情に、我々スタッフは、圧倒され続けるばかりだった。

CM

地元番組のスタジオ収録が始まった。この番組での巡達出演者の役《やく》どころは、あらかじめ用意された地元の名所や名産物紹介のVTRに対し、それぞれがコメントするといったものらしい。

我々は番組スタッフに許可をとり、その一部始終をここでも使わせて貰うことにした。

「さて、そんなわけですけど。ゲストの多波さんはどう思われます、この『じゃがいものしゃぶしゃぶ』」

司会役の男性が、多波かおりにコメントを求める。

多波は、ごく普通に応じた。

「私はちょっと。ごめんなさい。じゃがいもが、元々あまり得意じゃないんです、私」

「そうなのですか？」

「ええ。さつまいもは好きですよ。知ってます？　六本木にある『ペリーチェカ』っていうスイーツのお店。あそこのスイートポテトが、絶品なんですよー」

「あ、そうなんですか」

「そうなの。あと、赤坂にある――」

――と、そこで、多波が喋っているのを遮り、巡が割って入ってきた。

「私は、一回ぐらい食べてみたいかなぁ、『じゃがいものしゃぶしゃぶ』」

笑顔で言う巡に対し、多波は、こちらも笑顔を崩さないまま、しかし少しトゲのある言葉を返す。

「あらそう？　あれより、スイートポテトの方が美味しいと思うなぁ、私」

「あはは、ちょっと私も美味しそうだとは思わないですけどね。でも、あの……なんでしたっけ、高島さん。あの、特製スープ……」

巡は、司会役の男性に話を振る。

「あ、味噌《みそ》とバターをベースにしたというアレですね」

「そうそう。あれなんか、工夫してあってちょっと興味あるなぁって」

「じゃがいもの品質にも、こだわりがあるようでしたね」

「そうそう！　しゃぶしゃぶのためだけの品種改良までするなんて、あのご主人さん、凄い情熱でしたよねー」

そういったやりとりの中、多波は、ただただ笑みを浮《う》かべている。

その後も、番組はこのペースで、巡を中心として進められていった。

番組収録後。我々スタッフは、巡と多波が話しているのを目撃《もくげき》した。

「相変わらず、売れっ子のアイドルさんは違いますねぇ。巡」

「どうも」

「でも、もうちょっと、ゲストの方にも話を振るべきなんじゃないかしら？　ああいうのって、巡にも、イメージ悪いと思うなぁー」

「あらそう。ごめんなさい。気付かなかったわ」

「……………。……ちょっと売れているからって、調子に乗って……」

「なに？　聞こえないわ。……あら、うちの密着スタッフがあんなところでこそこそこっち撮《と》ってるみたいね。あ、それに気付いてたから、小声なの？」

「っ。そ、そんなことないわよ。それより、さっきの収録。人の話を途中で切るのって、あんまり、感心しないよ、巡」

「それは悪いことしたわね。……でも、うちの番組の視聴者、貴女の嗜好や東京の店に興味ないと思うし」

「っ！……なんですって？」

ハッキリと音声は取れてなかったものの、何か不穏《ふおん》な気配を感じて我々は彼女たちに近づく。巡は、疲労《ひろう》したようにその場のパイプ椅子に腰掛《こしか》けながら、多波に笑いかけていた。

「猫被《ねこかぶ》るなら、最後までちゃんとやりなさいよ。地を全部排除して、番組作りに、視聴者向けの自分に、役に徹《てっ》しきりなさいよ。それがプロってものじゃない？」

「っ。……帰るわ」

「さようならー」

巡はぷらぷらと手を振り、そして、我々の方を見た。

――えと……多波さんとは、仲、いいんですよね？

「いいわよ。勿論。えへ☆」

――……貴女は、やっぱり、偉大《いだい》なアイドルですね。

「そんなことないわよぉ」

巡はわざとらしく笑顔を作ると、椅子から立ち上がり、地元番組スタッフ達と笑顔で談笑し始めた。

我々は、惜《お》しく思いながらも、そこに番組を持ち込みたくはなく…………カメラを、切った。

夜。満天の星が夜空を満たし、月が皓々《こうこう》と輝くこの田舎町にて。

巡は、深夜まで起き続けていた。パジャマ姿のまま、机に向かっている。

――美容のために早めに寝たりはしないんですか？

「え？　ああ、えと、まあ。そうしたいのは山々なんだけど。今年は……ちょっと、勉強も頑張りたいから」

――何か目標が？

「ええ。少しでもいいから杉崎に一目置かれるように――じゃ、なくてっ。ほら、アイドルも勉強も両立してこそ、だからっ」

――巡さんは、努力の人なのですね。

「え、ええ、そう。私ぐらいになると、トップの座にいながらも、決して精進を欠かさないのよ。えへん」

――……その言葉には、今日一番の説得力がありますね。

「え？…………そう。別に、いいんじゃない」

巡はそう言うと、ふっと我々に微笑んでくれた。

「えと、じゃあ私、このまま勉強してすぐ寝るから……」

――はい。今日は、お疲《つか》れ様でした。

「お疲れ？　あはは、こんなので疲れてたら、アイドルなんて、やってられないよ」

――そうですか。では、これからもご活躍、期待しております。

「ええ、任せておいて。……えっと、ファンの皆も、応援《おうえん》してね☆　きゃぴっ☆」

――深夜なのに、恐《おそ》れ入ります。それでは巡さん、おやすみなさい。

「ええ、おやすみなさい」


こうして、星野巡の多忙《たぼう》な……しかし充実《じゅうじつ》した一日は、幕を閉じた。

その日、朝方まで彼女の部屋の電気が消えることはなかった。しかし彼女が翌日の生放送番組にも疲れた顔一つせず出演しているのを見て、我々は、取材後まで驚《おどろ》かされ続けた。

星野巡。多種多様な顔を持つ、アイドル。しかし……彼女の一番魅力的な顔は、紛《まぎ》れもない「素」の部分だということを、我々は改めて実感させられたのだった。

最後に。巡には内緒《ないしょ》で我々がクラスメイトに彼女のことをインタビューした映像をもって、この番組を締めくくることとしよう。


「姉貴？　そんなの、厄介なだけの女と言いたいところだけど……まあ、ここだけの話、あのバイタリティだけは、心から尊敬しているよ。……あ、姉貴に言うなよなっ」

「巡？　まあ、不思議なヤツだよな。親友だとは思っているけど、そんなあたしでも、あいつのことはよくわかんねぇや。……でも、凄いヤツだよ、うん。色んな意味で、さ」

「巡さん……ですか。そうですね。ボクも守君も色々大変な思いはしてますけど……でも、えっと、なんででしょうね。素の部分を知った上で、やっぱり、巡さんにはアイドルっていう職業が凄く合っているなぁって、思いますよ」

「へ？　巡について？　俺の印象？　えと、すっげぇ苦手《にがて》です。ええ。じゃ。………え？　駄目ですか？　巡が怒《おこ》りそう？　なんですか、それ。

えっと……まぁ苦手だけど……正直、尊敬してますよ。凄いですよ、アイツ。俺が一年かけて生徒会入っている間に、アイツは、アイドルになっちまっているんですからね。だから、ライバル……みたいなもんですかね。えっと、全国にいる彼女のファンのヤツらは、見る目無いけど、すげぇ見る目あるなぁって思います。……意味、伝わってます？」

アイドル、星野巡。今世紀最大の妙なカリスマ性を持つアイドルが、まさに今、誕生しようとしているのかもしれない。

「ボク、もう合コンなんて行きませんからねっ！」by 善樹

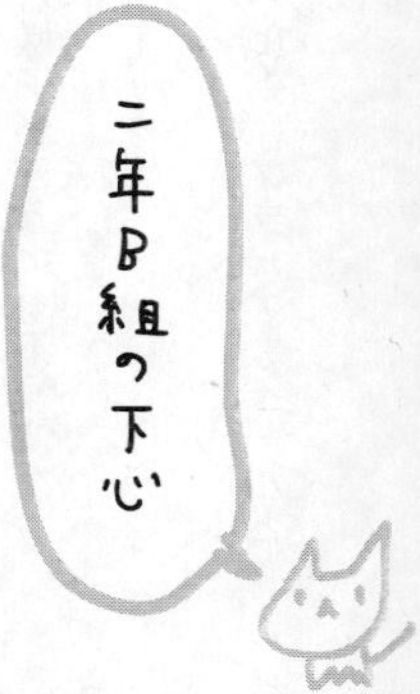

【二年B組の下心】

「やっべ、わくわくが止《と》まらねぇ」

とある休日、田舎の喫茶店《きっさてん》。ボク達以外誰もお客さんがいないようなこの寂《さび》れた、しかしチェーン店のため無駄に小綺麗《こぎれい》な場所にて、杉崎君《すぎさき》はそわそわしていた。

ボクはもう何度聞いたかわからない彼の呟《つぶや》きに、思わずため息を吐《つ》く。

「杉崎君……もうちょっと落ち着いた方がいいよ？」

「なにを言う、中目黒《なかめぐろ》っ！　合コンだぞ、合コン！　しかもグラビアアイドルとの合コン！　これでテンション上がらなかったら、男じゃないだろう！」

「そうかな……。でも杉崎君は、これが決まってから、ずっとじゃない……」

正直ボクは、杉崎君が合コンへの期待に胸を膨らませている様子がどうにも不愉快《ふゆかい》だったので、珍しくちょっとつっかかってしまう。

しかし杉崎君は、全くめげなかった。

「っつうか、中目黒！　お前はもうちょっとテンション上げろよ！　グラビアアイドルと合コンだぞっ！　場所こそこんな喫茶店だけどっ」

「そう言われても……ボク、そもそも参加したくなかったし……」

「オレも……」

　そこで、今日のもう一人の参加者……いや、被害者、宇宙守《うちゆうまもる》君が久々《ひさびさ》に発言した。ワイルドで爽やかで苦労人でイケメンで微妙な超能力者《ちようのうりよく》（的中率一〇パーセント以下の未来予知等《など》）である彼でさえも、今日は流石に元気が無かった。それもそのはずだ。彼には、ちゃんと意中の人がいるのだから。こんな場に来させられても、迷惑でしかないのだろう。

　ちなみに現在、ボク達は六人掛《が》けの席の片側で、通路側の杉崎君から、中央にボク、窓側に守君と並んで腰掛けている。これからもう三人、前の席にはグラビアアイドルの女の子達がやってくる予定だ。……はぁ。気が滅入《めい》る。

　それでもただ一人、杉崎君だけはいつもの三倍ぐらい元気だった。

「お前らなぁ……本来なら三人とも全員俺がゲットする予定のところ、わざわざ誘ってやったこの恩、ちゃんと感謝しろよな！」

『……はぁ』

　ボクと守君は、二人してため息を吐く。

　……そもそもの経緯は、こうだ。

ここに居る守君の姉であり、ボク達のクラスメイトでもある宇宙巡《めぐる》さんは、現在《星野《ほしの》巡》という芸名で芸能活動中なのだけれど、彼女のスケジュールの都合で、今週、この片《かた》田舎《いなか》に他のゲストを招いて、番組の収録が行われることになった。

で、その番組の出演者にグラビアアイドルが三人も居ることを知った杉崎君は……巡さんのマネージャーさんに無理矢理貸しを作り、半ば脅迫《きょうはく》。今日のこの場をセッティングして貰ったというわけ。あ、勿論巡さんには内緒だけどね。……もし知られたらと考えると……震《ふる》えが止まらない。

それだけなら、杉崎君がいつものように「俺のハーレム！」って言いながら一人で三人相手すればいいと思ったんだけど……なぜか今回は、ボクと守君も強制連行されてしまっていた。

「別にボク……女の子と付き合いたいとか、思ったことないんだけど……」

ストライプ柄《がら》のストローでレモンスカッシュを吸いつつボクが呟くと、杉崎君は「だからだっ！」とボクの肩を掴んだ。

「今日お前を誘ったのは他でもない、中目黒！　お前の恋愛観を、真っ当に矯正《きょうせい》するためでもあるんだぞっ！」

「ボクの恋愛観？……普通だと思うけど」

　ぽかーんとしていると、杉崎君はふるふると首を横に振った。

「じゃあ中目黒。お前……今一番クラスで好きな人の名前、言ってみろ」

「え？　そんなの、杉崎君に決まってるじゃない」

「はいアウト」

　なんかアウトって言われた。……一番仲のいい親友なのに……くすん。

　額にだらだら汗をかき始めた杉崎君に、真剣に見つめられる。……そんなにジッと見つめられたら、なんだか、ドキドキしちゃうなぁ。

「頬を赤くしてる場合じゃないぞっ、中目黒！」

「はうぅ！」

　肩をぎゅっと掴まれて、目を覚まさせるようにぐらんぐらん揺らされる。

「しっかりしろ、中目黒！　その瞳をしっかり見開けっ！　お前は男だっ！　男なんだぞ、中目黒！」

「わ、分かってるよ～」

　なにを言っているのだろう、杉崎君は。そりゃあ確かにボクは、背も低いし、顔も幼いし、よく女の子に間違われるけど……。

「いいや、分かってない！　今日はお前、グラビアアイドルと接して、男としての自覚を持てよ！　俺がわざわざ一人攻略を譲るなんて、よっぽどのことなんだからなっ！」

「な、なに言ってるか分からないよぉ。うぅ……ボク、女の子より、男の子と一緒に居た方が楽しいんだけど……。杉崎くん……ボク、杉崎君と居るだけで、幸せだよ？」

「うっ。……。……や、やっぱりお前は危険だぁー！　今日は徹底《てってい》的に矯正してやるー！」

杉崎君がなんだか一人でテンパっていた。……謎だ。相変わらず、杉崎君の行動原理は、時折謎だ……。まあそこが逆にミステリアスで魅力的なんだけど。

そうこうしていると、隣でちびちびアイスコーヒーを飲んでいた守君が、「それは分かったけどよぉ」と不満そうに口を尖《とが》らせた。

「なんでオレまで参加させられてるんだよ。杉崎が女の子落としたいんだったら、他の男は邪魔でしかないんじゃねーのかよ」

守君のそのもっともな疑問に、しかし杉崎君は「ちっちっち」と不敵に指を振った。

「確かにライバルは少ない方がいい。しかし……守！　お前が参加してくれるメリットは、そのデメリットを遥《はる》かに凌駕する！」

「？　メリット？」

「そう！」

杉崎君は、そこで思いっきり立ち上がって叫んだ！

「守の超能力によるサポートがあれば、この合コン、成功したも同然！」

「ああ？　テメェのサポートぉ？」

守君が一気に不機嫌そうな表情になる。当然だ。……実はこの守君の好きな人は、椎名《しいな》深夏《みなつ》さんというボク達のクラスメイトで、深夏さんは色々あって杉崎君とかなり仲が良かったりする。つまり、守君にとっては恋のライバル。というか敵。……杉崎君と深夏さん本人は何も気づいてないけれど。

しかし、守君の刺々《とげとげ》しい視線にも杉崎君は動じなかった。

「よし、守。この合コンを成功に導いてくれた暁《あかつき》には、返礼として、俺もいつか守の恋をサポートしてやろう」

「ああん？　ふざけんな、テメェのサポートなんてそんなの――」

とそこまで呟いたところで。守君はピタリと停止し……そして、ボクにテレパシーで相談を持ちかけてきた。

「（おい、善樹《よしき》。この約束……深夏相手でもＯＫだと思うか？）」

「(う、うーん……微妙なラインだね。杉崎君も、深夏さんを自分のハーレムの一員だと自負しているからね。でも、妙に義理堅《ぎりがた》い所もあるにはあるし……)」

「(だよな。しかし……こいつがオレの恋の味方についた際のメリットは、多大なものがねぇか？　賭けてみる価値ぐらい、ありそうじゃね？)」

「(守君……相変わらず深夏さんのことになると必死だね)」

「(よしっ、そうと決まりゃあ……)」

守君はテレパシーを切ると、杉崎君に向き直り……そして、態度を反転、ぺこりと頭を下げた。

「謹《つつし》んで、ご協力させて頂きます」

「おう。よろしく頼むぜ、ブラザー」

ボクを跨《また》いで、杉崎君が守君の頭をぽんぽんと叩く。……あぁ、守君……相変わらず、深夏さん絡《がら》みではプライドや男気あっさり捨てるね……。

「そうと決まれば、早速作戦会議だ！」

「作戦会議？」

「そうだっ！　合コンでの女性の攻略は、個人プレーでは駄目なんだ！　チームワークを駆使《くし》してこそ、真の勝利が得られるのだぁっ！」

「……テーマが合コンじゃなければ、いい話っぽいんだけどなぁ」

「俺達の勝利とはつまり、俺がグラビアアイドル二人、中目黒が残り一人、守がサポートだけで寂《さび》しくとぼとぼ帰るという結末！」

「もう既に驚くほど不平等だよね。チームワーク以前の問題だよね」

「善樹、気にするな。こういう扱《あつか》い、オレは慣《な》れてるぜっ」

守君が実に爽やかに笑っていた。白い歯がキラーンと光っている。……なんだろう。守君って実は凄くイケメンでスペック高いのに、まるで幸福を摑《つか》める気がしないよ。

そんな守君の言葉を受けて、杉崎君は作戦会議を推《お》し進める。

「そもそも、学校での女子生徒攻略と合コンでは、全くやり方が変わってくる」

「そうなの？」

「ああ。日常生活を共にする女子を攻略しようという際に、自分を偽《いつわ》るのはかなり難しいが……こういう初対面同士の場となれば、話は別！」

「ああ、杉崎君のその性格、ボクは好きだけど、初対面の女性にはハードル高いよね」

「……さらりと酷いことを。でもまあ、そうだ。いくら俺といえど、ナンパでない限り、この『女好き』キャラが、女性に受けが良いとは思っていない」

「そう思ってるなら、普段から自粛《じしゆく》しようよ……」

「それは無理だ。俺の性衝動《しょうどう》は、一日一時間抑《おさ》えるのでやっとだからな」

すっごい本能で生きている青少年だった。「んで……」と守君が話を促す。

「つまり、今日は姉貴みたいに猫《ねこ》を被って相手を落とすということでいいのか？」

「うむ、その通りだ、守。お前は意外と姑息《こそく》な手段をすぐ理解するから、助かる」

「ほ、褒《ほ》めるなよ。照れるぜ」

守君、それ褒められてないから。

「でも、杉崎君。一体どういう性格がモテる性格なの？」

「そこだ。それを今から、話し合おうとしてるのだよ。中目黒助手」

なんか助手にされた。

「そこなんだ……そんな根本的なところから、話し合うんだ……」

「だからこそ、こうして待ち合わせ一時間前から店にスタンバッてるんじゃないか」

「……はぁ」

杉崎君のことは大好きだけど、これは疲れる。帰りたい。凄く帰りたい。

「とりあえず、俺がどういうキャラだったらいいか、お前ら、意見出してくれ」

彼はそう言ってふんぞり返ると、大分氷が溶《と》けて薄《うす》まったコーラをガブガブと飲み始めた。……ボクの周囲は、守君以外、こういう自己中心的な人ばかりな気がする。

仕方なくちょっと思考してみるも、やはりパッと「モテる人」というものがイメージ出来ない。ボクが唸っていると、先に守君が意見を出してくれた。

「やっぱり、なんだかんだ言って誠実なヤツがモテるんじゃねぇの？」

その守君らしい意見に、しかし杉崎君は首を横に振る。

「今時、誠実ってだけでモテるなんてありえないね。お前は、七三分けでスーツ着た公務員がモテモテだと思っているのか？」

「いや、そこまでは言わねーけどさ」

「そもそも、『誠実さ』をウリにするなら、合コンなんてものに来ていちゃいけないだろ」

それはそうかもしれない。……実際ボクら、来ちゃっているわけだけど。

「けど、遊んでいるヤツよりは好感度高ぇだろ。そう思っているからこそ、お前だっていつものハーレムキャラ隠《かく》すんじゃねぇのかよ」

「まあ、それはその通りだな。だが、そこをメインに押していくのは、やっぱり難しい。考えてもみろ。誠実さなんて、長く付き合ってようやく少し伝わるようなものだぞ」

「う……それもそうだな」

「だろ。少なくとも合コンの場では、それほど武器になる要素じゃあねえな」

……こういう時の杉崎君は鋭《するど》い。流石、学年トップだけある。……その頭脳が正しい方面に役立っているのかどうかはさておき。

守君とボクがすっかり黙り込んでいると、杉崎君は「あ、わりぃ」と謝ってきた。

「会議止まるぐらいだったら、思いつきでいいからどんどん意見出してくれ。そこから、何か生まれることもある」

生徒会役員としての経験からだろうか。杉崎君はそんなことを言う。

「そうか？　んじゃあ……」

守君は早速、彼なりの「モテる男のイメージ」を吐《は》き出し始めた。

「やっぱり筋肉だろ、筋肉。マッスル！　牛丼《ぎゅうどん》一筋！」

「ごめん、そのキャラがモテるイメージ全然無いんだが。あと、今から一時間でどう筋肉キャラになれと」

「じゃあ、選ばれし者だな。特殊《とくしゅ》能力持ち。オレTUEEEEEEE！　的な」

「だから、それをどうやって今から身につけろとっ！」

「……トレ○ネーション？」

「どんだけ合コンに命かけてんだよ、俺！　ホムン○ルスみたいなの見えたくねえし！」

「オレの超能力分けてやろうか」

「え、そんなこと出来んのか？」

「出来る。オレの能力の一割ほどを、三分だけ」

「微妙すぎるわ！　元々微妙なものの一割って、なにが残るんだよ！」

「人の心の声が、途《と》切《ぎ》れ途切れに聞こえたりする。意味が伝わらないぐらいに。しかも驚く程間違ってる」

「逆に迷惑だろ、その能力！」

「未来予知も出来る。六千年後の未来が見える。正解かどうかは、六千年後に判明」

「そりゃ最早ただの妄想癖《へき》だろ！」

「透視《とうし》も出来るぞ」

「お……それは微妙でもいいから欲しい！　ハァハァ……女の子の服を……ハァハァ」

「目を開いている時に限り、自分の視界内のものが、1・01倍に拡大出来るだけという……」

「もう誤差の範囲《はんい》内だな！　最早透視でもなんでもねぇな！」

「いる？　ダウンロードするか？」

「そんなDSの体験版配信みたいに！　いらんわ！」

「そうか。残念だ。なら……よし。自分を強化するのが無理となりゃあ、装備で引きつけるしかないな」

「装備？　ああ、服装か。なるほど、お洒落《しゃれ》な格好で惹《ひ》きつけるのはアリ——」

「背中に大剣背負っておこうぜ」

「確かに強そうだ！　頼《たよ》れる男だ！　しかし銃刀法違反《じゅうとうほういはん》！」

「左目は刀傷《かたなきず》で塞《ふさ》がっていて、髭《ひげ》ももじゃもじゃ。一人称は『我輩《わがはい》』」

「渋いけどっ、そのキャラ俺には荷が重い！」

「しゃあねえな……。んじゃ、簡単にやれるところで考えてやるか……」

「是非《ぜひ》そうしてくれ」

「……左目に眼帯するか」

「は？」

「意味ありげに。時折、『くっ』と疼《うず》く左目を押さえる素振《そぶ》りを見せる」

「すげぇ特殊能力持ちっぽいな、それ。そして同時に、限りなくイタイ奴《やつ》だ」

「合コンの途中で抜《ぬ》け出して、二十分後ぐらいに帰ってくる。『トイレだ』とは言うものの、服はボロボロに」

「確実に街の平和を守ったな」

「……こりゃモテる。モテないわけがない」

「お前の脳内は相変わらず前時代だなぁ」

杉崎君はすっかり呆れた様子で嘆息していた。……まぁ、今回ばかりはボクも杉崎君側だ。守君……それでモテると思っているの、守君だけだと思うよ。

当然、こうなれば、杉崎君の視線はボクに来るわけで。ボクは、仕方なく意見を言うことにした。

「ボクは、杉崎君はそのままで充分魅力的だと思うけど……」

「お前はお前で、相変わらず俺を攻略しようとするセリフばっかりだな！」

「そ、そんなこと。ううん……でも、モテる性格なんてパッと出ては……」

「とにかく、お前は、どんな男に惹《ひ》かれる？」

「杉崎君みたいな」

「ああっ！　質問した俺が悪かった！　悪かったよぅ！」

杉崎君がなぜか泣いていた。なんだかよく分からないけど、仕方ないので、ボクも改めてモテる男性を考える。

「合コンで女の子にモテる……。……やっぱり、楽しい人じゃないかなぁ」

「お、意外にマトモな意見。で？　具体的には？」

「えと……ピエロさん？」

「楽しすぎるわ！　合コンの場にその格好で来んのかよっ！」

「終始、喋らず動かずのパントマイム」

「それで女の子オチたら奇跡だなっ！　却下！」

「ええー。……えと、じゃあ、最近は可愛い男子とかも、モテるんじゃないかな？」

「……まあ、それはそうだが。それだと、中目黒に軍配が……」

「クマさんの着ぐるみで出席だよ」

「可愛いっ！」

「モテモテ間違いなしだね！」

「確実に恋愛対象じゃないけどなぁ！　ただのマスコットとしてだけどなぁ！」

「え、それじゃ駄目なの？」

「ああっ、その無邪気《むじゃき》な瞳やめい！　汚《よご》れた俺には直視出来ない！」

「着ぐるみが駄目なら……女装？」

「お前は真冬《まふゆ》ちゃんを喜ばすためだけに生まれてきたような人間だな」

「杉崎君の女装……。…………凄く、いいと思う！」

「オチたっ！　今、オトしたくない奴がオチたよなっ！」

「むしろ逆に、男装という手もあるよね」

「もう俺の性別なんなんだよ！」

「女子は、宝塚《たからづか》の男役さんみたいなのが、大好きなはず」

「合コンの場にオ○カルが居たら引くわ！」

「ことあるごとに歌うんだよ。愛を。その命をかけた、愛を」

「重いよ！ 合コンにしては求愛がえらく重いよ！」

「これも駄目なの……。それなら、むしろ、ぶっきらぼうキャラという手もあるね」

「ぶっきらぼう……。……なるほど、それも一理ある。男性版ツンデレだな」

「うん、そう。とりあえず、ぶすっとしておくの。女の子が話しかけてきても、無視か生返事。だけどちょっと頬は赤く」

「ぶっきらぼうだ！ ラブコメの主人公っぽいな！」

「会話も全然盛り上げないの。だけど、さりげなく、ぽつりと『……寒くないか？』とか言ったりするんだよ！」

「ぶっきらぼうー！ いい奴だ！ 絶対そいつ、いい奴だ！」

「そして、誰ともくっつくことなく、去っていくんだよ……」

「ぶっきらぼぉ――――――――――――――う！ っていうかそれじゃ駄

目だろ！」

「ボクは好きなんだけど……」

「上がるのお前の好感度ばっかりだな、さっきから！」

「じゃあ、分かりやすくクールキャラはどうだろう。杉崎君、一応学年トップだし。メガネキラーンみたいなのも、出来るんじゃないかな」

「うぅ……俺のテンションにはそぐわないが、まあ、モテるなら……」

「『お前が碧陽の柱となれ』みたいなね」

「どこのテニス部の部長だよ。まあ、確かに女の子からの人気は高そうだが」

「杉崎ゾーンを使いこなすんだよ」

「なんだそれ」

「女の子が勝手に自分に寄ってくるオーラを纏《まと》う技だよ」

「なんだその究極奥義《おうぎ》。詐欺のごとき強さだな！　それ覚えたら、もう何も要らないな！」

「でも、多かれ少なかれクールな人ってそんな感じだよね。自分からはガッつかないのに、女の子が寄ってくる性質があるっていうか」

「確かにな。むむ……クールキャラ、いい気がしてきた」

「あ、じゃあ、ちょっとシミュレーションしてみようよ。ボクと守君が、女の子役やるから」

「あ、ああ。中目黒を攻略しようとするという構図がかなり気になるが、背に腹は代えられない。よろしく頼む。油断せずに行こう」

と、いうわけで、ボクと守君が一旦対面の席に移って、シミュレーションをしてみることと相成った。

＊

「杉崎さんは、何か部活とかやられてるんですか？」

ボクは初対面の女の子を装って、杉崎君に質問する。杉崎君は……ふぁさっと髪を掻《か》き揚《あ》げた後、目をスッと細めて、無表情に返してきた。

「別に」

……………やばい。本気でちょっとカッコイイかもしれない。なんかドキドキする。元々杉崎君って、黙《だま》っていればかなり美形だから……こういうキャラも、似合わないことはないのかもしれない。

ボクが思わず黙り込んでしまっていると、隣に座っていた守君が口を開いた。

「ぽ。凛々《りり》しくて素敵な殿方《とのがた》……。私、杉崎殿の子を産みとうございまする」

「ちょっと待てぇい」

杉崎君が、この芝居《しばい》にタイムをかける。守君は、身をくねらせたままだった。

「守！　なんだそのキャラ！　お前のグラビアアイドルのイメージ、おかしいだろ！」

「わたくし、夫のためならば命まで投げ出す所存でございます」

「どんだけ重い合コンだよ！　っつうかお前の生きてる時代は本当に平成かっ！　もっと普通の女でいいから！　そんなのシミュレーションにならないから！」

「……分かったよ。しゃーねーなぁ。ちょっと考えておくから、とりあえず善樹と練習してろよ。……むぅ」

相変わらず、どうも世間とずれた価値観だ、守君。

とりあえず、気分を仕切りなおして、シミュレーションを再開することにした。

ボクは一つ咳払いし、再び女の子を演じる。

「杉崎さん、今付き合ってる子とか……いらっしゃるんですか？」

その問いに、杉崎君はクールに返す。

「……女に興味なんてないね」

ならなぜ合コンに、という疑問は残るものの、なんかカッコイイ対応だった。

「あの、私は……大丈夫、でしょうか？」

「……さあ。…………あんまり喋りかけないでくれないか。騒がしいのは、苦手だ」

ならなぜ合コンに、という疑問は果てしなく残るものの。やはり、微妙にカッコイイ気がしないでもない。

「杉崎さん……私のこと、お嫌《きら》い、ですか？」

「…………。…………そんなことはないさ。…………気にしないでくれ。俺は、一人が好きなだけなんだ」

ならなぜ合コンに、という疑問はもはや喉まで出掛《でか》かっているけど。でもなぜか、凄くカッコよくは見えた。

話題を変えてみることにする。

「杉崎さんは……どういうものがお好きなんですか？」

「質問が漠然としていて、答えられないな」

「あ、すいません。……えと、趣味とかは……」

「……読書かな。静寂が、好きなんだ。今は『罪と罰《ばつ》』がお気に入りだね」

エロゲマスターかつ生徒会室やクラスで騒ぎまくっている人の発言とは思えなかった。

「音楽は聴《き》かれますか？」

「クラシックかな、基本は」

彼のｉＰｏｄはアニソン・キャラソンで満杯《まんぱい》だったはずだけど。

「テレビとかは……」

「見ないね。ＮＨＫのニュース番組しか」

今も彼の家ではハードディスクレコーダーがアニメ録画に大忙《おおいそが》しなのに。

「じゃあ家では読書ばかりを？」

「いや、最近は油絵を少々……ね。特に、自然を描くと心が落ち着くんだ」

確かにマルチな才能を持つ杉崎君だけど、彼が描くのは、もっぱら目がキラキラした美少女イラスト（しかも微《び》エロ）ばかりだった気がするけど……。

でも、ツッコンでも話が進まないので、ボクは乗っかり続ける。

「杉崎さんは、一人暮《ひとりぐ》らしなんですよね？　高校生なのに大変ですよね……掃除《そうじ》とかも」

「ああ、うちはベッドと必要最低限の家具しかないから、そうでもないさ」

……この前遊びに行った際に見たエロゲ・コミックの山は幻《まぼろし》だったのだろうか。確かに、片付いてはいたのだけれど。

「食事はどうされてるんですか？」

「俺はベジタリアンなんでね。専らサラダばかりさ」

それはクールなのだろうか。そして、この前ボクに「肉奢《にくおご》れー。お前のせいで日々疲れているんだから、肉ぐらい奢れー」と絡んできたのはどこの誰だったでしょうか。

とりあえず、ここらでボク（仮想グラビアアイドル）も、杉崎君に好意を示してみることにする。

「じゃあ……今度お食事、作りに行ってあげましょうか？」

杉崎君はそこで、ぴくんと眉《まゆ》を動かす。……今にもボクの提案に飛びついてしまいそうだったものの、相手がボクだったこともあってか、なんとかぐっと堪《こら》え、彼はクールキャラを保った。

「……いい。俺に情けは必要無い」

「でも……ならせめて、差し入れぐらいは……」

クールだ！

「……いや、断る……」

「でも私、貴方のことが心配で――」

「黙れ！　これ以上俺に関わるなっ！」

杉崎君はそう怒鳴《どな》りつけると、勢い良く立ち上がり、不愉快そうに店から出て行ってしまった。

……………………………………。

しかし一分後。

「うおぉぉおおおおおおおおおおおおおおおおおおおおおおおおおお！」

ドタドタと騒がしく近づいてくる、足音と唸り声。その音の主……杉崎君は店のドアを思い切り押し開け、ボクらの許《もと》まで一直線に走って帰還すると——

「モテるかぁあああああああああああああああああああああああああああ！」

「おお、杉崎君、驚異《きょうい》のセルフノリ突《つ》っ込《こ》みだね！」

「だね、じゃねえっ！　なんだこれ！　このキャラ！　こんなのモテるわけあるかぁっ！　どんだけ冷てぇんだよ、俺！　なんで合コン来てんだよ、俺！」

杉崎君は自分の席に戻り、息を切らせながらも、ボクに文句を言う。

「でも、クールだったよ！」

「だからなんだっ！　クールなだけで、モテる気配一切無かったわ！」

　やっぱり、合コンへクールキャラで乗り込むのは無理があったらしい。

　ボクは腕を組んでしばし黙考した後、改めて、提案してみることにした。

「じゃあ、次は普通に明るい杉崎君でいいんじゃないかな？」

「それは、やりやすいが……普段の俺と変わらなすぎないか？」

「でも、それぐらいの方が自然でいいと思うよ。ただ、エロ成分は抑え気味で」

「それが最も難しい注文なんだが……まあ、とりあえず、その方向性でやってみるか」

　そうして、ボクと杉崎君がシミュレーションを開始しようとすると、唐突に、守君がそれを遮ってきた。

「待て待て。次は、オレが杉崎の相手を務めてやる。女の子も、色んなタイプを想定しておいた方がいいだろ？」

「あ、ああ……そりゃそうだけど。お前、大丈夫か？」

　さっきのことがあるため、杉崎君は疑いの眼差しを守君に向ける。しかし、守君は自信満々だった。

「任せておけ。お前らがやりとりしている間に、ディテールは固めたぜ」

「……なら、いいが。じゃ、やるか。中目黒は、待機しておいてくれ」

「分かった。頑張ってね、二人とも」

ボクはそう告げると、二人の様子を見守ることにした。

とりあえず、杉崎君が、先に動く。

「さぁて、飲み物の注文はどうする？　ここのオススメは、ビールだぜ……って、あっはっは、俺達未成年だったなー！　あっはっは」

なんかすっごい無理しているけど、とりあえず、クールキャラよりは合コンに適した感じの明るさだった。

そんな杉崎君の発言を受けて……守君が、満を持して、彼なりのグラビアアイドルキャラを披露《ひろう》する！

「こーら、杉崎っち！　そんな冗談言っちゃ駄目だゾ♪　うふふ」

「……うわぁ」

「……うわぁ」

ボクも杉崎君も思わず引きつる。しかし守君、ぱちんと、☆が弾《はじ》けそうなウィンク。

……古かった。ある意味、さっきの古風キャラより鮮度《せんど》の無いキャラだった。いつの時代のラブコメからいらっしゃったのだろう。「ゾ」とか「♪」のニュアンスで実際に喋る子なんて……いたら、むしろ引く気がするんだけど、このご時世。

しかし、守君はそのキャラクターによっぽど自信があるらしく、芝居を継続していた。

「まったく、杉崎っちは、いつまでたっても子供なんだから♪」

「いや……これ、初対面の設定じゃ……」

杉崎君も、既に、明るいキャラとか演じている場合じゃない様子だ。……そういえば巡さんも、ボクと初対面の時、こういう傾向《けいこう》のキャラを演じようとしてたっけ。宇宙姉弟《きょうだい》の価値観は、相変わらずとても残念だ。

「私がいないと……杉崎っち、なーんにも出来ないよね」

「え、なにその幼馴染《おさななじ》みっぽい設定。初対面なのにそれ言うって、相当失礼じゃね？」

「でも……キミのそんなところ、私、キライじゃないゾ♪」

「わーい、嬉しいなー」

棒読みだった。流石の杉崎君も、素で、このキャラクター性に引いていた。

——と、守君はウェイターさんを呼ぶと、急にパフェを注文した。

「えへ。私、甘いものには目がないんだっ」

「ふーん」

通常ではありえないほど、杉崎君が、どうでもよさげだった。

しばらくしてパフェがやってくると、守君はさっそく一口、アイスクリームを頬張《ほおば》る。

「きゃん。つっめたーい♪」

「知覚過敏《かびん》じゃね？」

「杉崎っちも、一口どーぞ。あーん」

「え」

守君が、「てへ」と照れながら、杉崎君にアイスクリームを載せたスプーンを差し出す。

……見てるだけのボクでさえ、何か、むきゃーと暴れ出したいむず痒《がゆ》さだ！

杉崎君はひくひくと頬を引きつらせつつも……仕方なく、ぱくりと、守君の差し出したアイスクリームを食べる。

「えへ。か、間接キス……だね」

「…………（ぶち）」

あ、杉崎君、キレた。でも、芝居を継続するためか、肩をぶるぶる震《ふる》わせるだけで、暴れはしていない。……立派だよ、杉崎君！

「もー、杉崎っちは、えっちだなぁー」

「（ぶちぶちぶちぶち）」

ああっ！　杉崎君の血管が、限界まではち切れている！　分かる！　分かるよ！　傍観《ぼうかん》者のボクでさえ、これはかなりキツイ！

杉崎君が必死に負の感情に耐える中、守君はパフェをそそくさと食べ終わる。

そうして、次の演技に突入《とつにゅう》してきた。なぜか、守君は「ん」と腕を上げ、背中を伸ばす。

「んー、気持ちいい風♪」

「めっちゃ喫茶店店内ですけど」

「杉崎っちとこうして二人きりで食事なんて……久しぶりだよね」

「いや、二人じゃねえし。合コンだし。初対面だし」

ツッコミが大忙しだった。

「お互《たが》い……あれから、ちょっと距離あったもんね……」

「おおぅ、なんか妙なエピソード追加され始めたぜ、おい」

「でもね……杉崎っち。私……今日、とても楽しかったよ」

「お前の脳内環境なら、毎日が楽しいだろうな」

「私……やっぱり、杉崎っちと一緒の時が……一番……。ううん、なんでもないっ！　気にしないでっ！　今の忘《わす》れてっ」

「ならなぜ言う。そんなんで誤魔化《ごまか》されるのは、漫画の鈍感《どんかん》主人公だけだ。っつうかどう考えても、お前、俺のこと好きだろ。好きっていう設定だろ。合コンするまでもなく」

「杉崎っちの……鈍感」

「おおぅ、俺の発言全無視だぁ。こいつぁまいったぜぇ。HAHAHA」

「でも杉崎っちのそんなところが……私……。……きゃっ」

「中目黒、何か鈍器《どんき》のようなものは無いか？」

「ごめん、無いよ、杉崎君。残念ながら」

　本当に残念だ。

「今日のこの場を作ってくれた、絵里子と里美に感謝しないとね」

「新キャラが登場したな」

「あのね……杉崎っち。ホントは絵里子も杉崎っちのこと……。……ううん、これは、私が言うことじゃないよね。ごめん、忘れて」

「お前はまず考えてから喋るということを覚えろ。絵里子、俺のこと好きだろ、これ」

「里美……ごめんね。私、里美の気持ち知ってるのに……」

「ずいぶんでかい独り言だな。っつうか里美もか。俺、やたらモテてんな、合コン一切関係ないところで」

　なんの練習にもなってなかった。

「ねえ杉崎っち……今日は私、帰りたく、ないな」

「漫画喫茶《きっさ》にでも泊《と》まれば？　俺は帰るから」

エロ大魔王の杉崎君をしてそこまで言わしめるとは、相当なものだった。

「え？　杉崎っちの家に？　ホントに？」

「言ってねぇ」

「……え、えっちなこと、しない？」

「ああ。代わりに、惨《むご》いことをすると思うがな」

「……なら、いいよ。私……杉崎っちのこと、信じてるから」

「俺はお前に一切心開いてないがな」

「えへへ……杉崎っち、だーい好き」

「ひゃっほう、合コンで女の子ゲットだぜ！」

杉崎君は死んだ目でそんなことを言っていた。……あぁ、なんの経験値にもならなかったなぁ、このやりとり。

素に戻った守君が、「どうだっ！」とふんぞり返る。

「オレの演技……完璧すぎだろう。誰もがびっくりのリアリティだったろう、これ」

「確かに、びっくりはしたね」

「そうだろ、善樹。お前は分かっているなぁ。よし、超能力を配信してやろう」

「要らないです」

ボクはキッパリとその申し出を断ると、杉崎君を見やる。彼は……どよーんとしていた。

「まずい……まるで合コンが成功するビジョンが湧かなくなった」

そりゃそうだろう。しかし、守君が「なんだと！」とそれに噛《か》み付く。

「姉貴直伝のオレの演技が、特訓にならなかったと言うのか、テメェはっ！」

「巡直伝……なるほど、色々納得がいった」

「く……ば、馬鹿にすんなよ！　姉貴、大根だけど、大根なりに家で練習はしてんだかんなっ！　その特訓に毎日付き合わされているオレだって、演技力はそうとうなもののはずだっ！」

……相変わらず、どこまでも残念な姉弟だった。

杉崎君は、一度深く嘆息した後、水で喉を潤《うるお》して、一息つく。

「まあ……ああ見えて巡が努力家なのは知っているが。それとこれとは、話が別だ」

「く……姉貴、無念」

「まあまあ、守君。ボクも、巡さんが日頃《ひごろ》から演技や歌に一生懸命なのは知ってるけど、今回の合コンはそれでどうにかなることでもないから」

「そりゃそうだけどよぉ……って、おい。そろそろ、約束の時間じゃ――」

と、守君がハッと何かに気付いた時。

「あ、初めまして～！」

経験値も得られず、テンションもめっきり下がりきった、この最悪のタイミングで。

女の子達が、到着《とうちゃく》した。

＊

「でも、皆さん思っていたより全然カッコイイ人達だったから、びっくりしましたよー」

お互《たが》いの自己紹介《じこしょうかい》、挨拶が終わったところで。対面の真ん中の席に座っている、髪の長い……ええと、佐原《さはら》なんとかさんっていう人が、間延びした声でそんなことを言う。

杉崎君は、早速デレデレとしていた。……なんだろう。ボク、よく分からないけど、不快だ。

「そ、そうかなぁ。そ、そんなことないと思うけど」

普段は「俺がカッコイイのは当然さ」みたいな杉崎君なのに、今回はそこそこキャラを作って対応していた。……はぁ。

「守君、だっけ？　キミ、巡の弟なんだって？」

ふと、守君の対面に座っていた多波《たなみ》……なんとかさんという大人っぽいグラビアアイドルさんが、沈黙を貫いていた守君に話しかける。彼はしかし、「まぁ」とどうでもよさげに対応していた。

「確かにアレは、うちの姉貴ですけど……」

「そうなんだ。あの女の弟なんて……ふふっ、大変ねぇ」

「……そうッスね」

なんだろう。ボクも守君も巡さんの横暴さとかにいつも文句は言っているけど……この人の言い方は、なにか、カチンと来る。なぜだかは、分からない。

そして、今度は、ボクの対面に座った……子供っぽいファッションの女の子……ええと、ローマ字でSONORA《ソノラ》とか言うらしいハーフの子が、大きな瞳でボクを見つめてきた。

「な……なんですか？」

「ん？　えっとぉ、善樹さんって、可愛いなぁって思ってぇ」

「あ……ありがとう、ございます」

「ソノラぁ、善樹さんのことぉ、たぁくさん知りたいなぁ」

「はぁ……そうですか」

「善樹さんもぉ、ソノラのことぉ、たぁくさん知ってね♪」

「……はぁ」

苦手だ。目を逸らしたくなる。別に何も悪いこと言っているわけじゃないし、ボクに好意を持ってくれているみたいだし、可愛いし、巡さんみたいに乱暴でもないのだけど……なんか、いたたまれない。居心地《いごこち》が悪い。心が、開けない。このソノラという子が……なぜだか、怖い。全く違うはずなのに、前の学校の生徒達を思い出す。

ボクと守君がそんな感じなので、自然と、杉崎君が無理をすることになってしまった。

「さ、佐原さん達は、今日、巡と番組収録だったんだよね？　ど、どうだった？」

杉崎君のその問いかけに……なぜか三人は、顔を見合わせて、苦笑する。……イヤな、笑い方だ。

代表して、佐原さんが答えてきた。

「田舎って、外で肥料の臭《にお》いとかして最悪ですよねー。杉崎さん達、毎日こんなところで学校通ってるんでしょ？　尊敬しちゃうなぁー」

「あ……ああ。まあ、ね。でも都会の排気《はいき》ガスとかよりは全然——」

杉崎君が喋っているのに、横から、唐突に多波さんが話を奪う。

「というか、あの女。巡。張り切りすぎててうざいのよねぇ。なにあれ。ちょっと売れているからって、調子に乗って。休憩時間にまで演技の練習とかしてんの、あれ、スタッフに見せつけてるだけでしょ？　ああいうの、ホント腹立つわ。才能もないくせに。……あ、ごめんね、守君。弟だったわね、貴方」

「いえ…………。……姉貴が調子に乗ってるのは……その通り……です、けど」

「だよね。あれの弟なんて、ホント、同情するわ。さっさと引退しないかしら」

「…………」

守君が黙り込んでしまった。杉崎君が、フォローするように、話題を変えようとする。

「えと、確か、うちの学校も見学してくれたん……だよね？　どうだった？　俺、生徒会副会長やってんだけど、いい学校でしょ――」

「あ、ソノラぁ、ああいう学校苦手ぇ。なんかみんな仲良しっていう感じがぁ、すっごく暑苦しいっていうかぁ」

「…………」

「でもでもソノラぁ、善樹さんみたいな可愛い人がたくさんいるならぁ、通ってもいいかなぁって思うよ？　あー、でもぉ、みんななんかダサかったしなぁ。田舎だもんねぇ」

「そんな……こと、ないと思う、けど」

「あ、善樹さん、都会からの転校生でしたっけぇ？　やっぱり、違いますよねぇ」

「………」

……あれ。なんだろう……これ。前の学校でいじめられていた時に似ているけど……でも、少し違う……変な感情が、お腹の底から、ぐらぐらと湧いてくる。なんだろう……これ。自分のことを否定されるのは、慣れていたのに。それなのに……。

佐原さんが、笑顔で仕切る。

「でも、今日は良かったです。ここは最悪だったけど、杉崎さん達みたいなカッコイイ男子と知り合えましたからね」

「……あは、は。嬉しい……な」

杉崎君は、歪《いびつ》な笑顔で、そう返した。偉いと思う。空気を崩さないために、そんな笑顔を浮かべられるのは、偉いと思う。だけど……。

だけど、ボクはっ！

「……謝《あやま》れ」

「ん？　なぁに、善樹さん――」

「皆に、謝れっ！」

『っ！』

テーブルに思いっきり手を叩《たた》きつけて、立ち上がる。……限界だった。こんな風になったことは、初めてだった。初めてだからこそ……耐えられなかった。

女の子達も、杉崎君も守君も驚いた顔でボクを見る中……ボクは、顔を真《ま》っ赤《か》にして、女の子達に叫んだ。

「今すぐ、謝って……下さい！　ここの人達に！　巡さんに！　碧陽《へきよう》の皆に！」

「な……なによ、なにキレてんのよ、あんた……」

多波さんがボクを蔑《さげす》むように見ていたけど、ボクは、もう、そんな視線、どうでも良かった。

「貴女はっ！　貴女が、巡さんの何を知っているというんですかっ！」

「なにって……」

「佐原さんも、ソノラさんも！　貴女たちに、碧陽を悪くなんて言われたくないっ！　言わせない！」

「……なに、必死になってんの？　あーあ、しらけるなぁ」

「善樹さん、おかしいよぉ？」

「っ！」

キレそうになる。でも……隣に座る杉崎君を見て、ハッとする。ボクは……彼が楽しみにしていた合コンで、何をしているのだろう。こんな、無茶苦茶にして。守君だって……守君だって、巡さんのこと言われても、耐えてくれていたのに。合コンのために。なのにボクは……。

「あんた、帰れば？　テンション下がるのよ、あんたみたいなのいると」

多波さんが、大きくため息をついて言う。……その通り、なのかもしれない。ボクは……最低だ。結局、自分のことばかり考えている。杉崎君のことも、守君のことも、ここの空気も……何も、考えないで……。

「……ごめん……なさい」

ボクはそう告げると、この場から去ることにした。カバンを持ち、もう早く帰ろうと——。

「お、中目黒。帰るなら、一緒に帰ろうぜ。俺も丁度帰るところだから」

「あ、善樹、オレもオレも。途中まで道一緒だったよな」

「……え？」

『え？』

　ボクと同様に立ち上がる、杉崎君と守君に……ボクと女の子達は、呆然とする。

「ほら、早く行こうぜ」

　杉崎君は、そう言ってボクの腕を引っ張った。……痛かった。手に、なんだか凄く力が入っていた。ボクに怒っている……というわけでもなく、無意識のようだ。

「おうおう、早く行けよ、善樹」

　そう言ってボクの背を押す守君の力も、必要以上に強かった。まるで、もうこれ以上その場に留《とど》まるのは限界だとでも言うように……ボクを、押す。

　そうして、ボクらが帰ろうとすると……当然、女の子達が文句を言ってきた。

　佐原さんが、杉崎君の裾《すそ》を乱暴に掴む。

「ちょっと待ちなさいよ」

「……なんだよ」

「っ」

　杉崎君は……今までとはうって変わった、冷たい目で、佐原さんを見下ろした。

「あ、あんたがこの場をセッティングしたんでしょうがっ！　なによこれ。私達に恥《はじ》をかかせる気？　っていうか、あんた、美少女を楽しませたいんでしょ？　だったら座りなさいよ。私達今、凄く不快なの。この場、盛り上げなさいよ」

「？　変なことを言うな、キミは。なんで俺が、キミ達を楽しませなきゃいけないんだ？」

「は？」

「だから、キミも言ってるだろ？　俺が楽しませたいのは、『美少女』だ。性根の腐った醜《みにく》い女じゃない」

「な――」

佐原さんを始め女の子達が、呆気《あっけ》にとられている。……醜いなんて言われたのは、初めてなのだろう。杉崎君は、感情の伴わない笑みをニコリと浮かべた。

「残念だけど……すっげぇ認めたくないけど、俺の基準で今日のナンバーワン美少女決めるなら、間違いなくコイツ……」

そう言って、ぐいっと、ボクは頭を引き寄せられ、杉崎君の胸板に押《お》しつけられる。

「わわっ」

「コイツだよ。俺は、アンタらなんかよりは、コイツを今、笑顔にしてやりたい」

「────」

ボクは……涙《なみだ》が出そうになる。

多波さんが、「うぇー」と気持ち悪そうに引いた。

「信じられない。なにアンタら。今流行のボーイズラブ？　ちょ、ウケるんですけど」

「ウケるのはテメェらのおめでたい脳みそだ」

今度は、守君が彼女らを睨《にら》み付けた。

「杉崎と同意見つうのはシャクだけど、この中から誰か一人だけ幸福にしてやれるとしたら、オレは、間違いなく善樹を選ぶよ。まあ安心しろ。善樹が最高の友人なのは勿論だけど、ボーイズラブっつうよりは、テメェらが比較《ひかく》にならない程クズなだけだから」

「な──。はん、流石、あの女の弟ね。よく似てるわ」

「ありがとう、最高の褒め言葉だ」

「っ」

「行くぜ、善樹」

守君に背を押され、杉崎君に手を引かれ、ボクはその場を立ち去ろうと──

「善樹さん！」

して、ソノラさんに引き留められた。

「ソノラぁ、善樹さんのことぉ、好きですよぉ？　そんな人達と一緒にいるよりぃ、絶対ぃ、ソノラと居た方がぁ、楽しいですよぉ？」

「うん、ありがとう、ソノラさん。ボク、そういう風に好きって言って貰《もら》えたの初めてだし、それはまあ、嬉しいよ」

「じゃあぁ、こんな田舎の人達よりぃ、ソノラとぉ」

「でもごめん」

「え？」

ボクは、満面の笑みで、キッパリと告げる。

「ボク、キミのこと、大っっっっっっっっっっっっっっっっっっっっっっ嫌《きら》い♪」

「……へ？」

ソノラさんの顔が、引きつる。杉崎君さえも、「うわ……ある意味一番惨《むご》いな、お前」と引いていたものの、その顔は、笑っていた。

そうしてボクらは……初めての合コンに大敗して、家路へとついたのだった。

＊

翌日。

「すーぎーさーき♪」

「あ、おはよう、巡……って、ぐはぁ!?」

登校してきた杉崎君を見た瞬間、一応清純派アイドルにして守君の姉……星野巡さんは、笑顔で彼の鳩尾《みぞおち》にフックを入れた。ボクと守君は、教室の片隅で二人、それを「うわぁ」と見守る。

「な……巡……今日はまた……なぜ……」

「なぜ？　やだぁ、杉崎。わかってるクセに♪…………。……喫茶店。窓側」

「っ!?」

「人のマネージャー使って合コンとはねぇ……生徒会副会長様が」

「い、いや、巡。聞け。聞くんだ。結局あの合コンはだなぁ……」

「問答無用——————！　浮気《うわき》男は、死ねぇぇええええええええええ！」

「誰から見ての浮気だぁあああああああああああああああ！」

というわけで、杉崎君が、いつも以上に巡さんから攻撃《こうげき》対象認定されてしまったため。

「た、頼む、中目黒。俺の言葉あいつにまるで届かねぇから……昨日の合コンの経緯を、お前が小説にして——って、巡！　うわ、やめろ、ぎゃあ————！」

となり、こうして、あの合コンの全貌《ぜんぼう》をまた執筆することになったというわけです。

でも……これ、巡さん、ちゃんと読むかな。っていうか、読んでも、巡さんの悪口《わるぐち》満載だから、また微妙に怒り買うだけなんじゃ……。

…………。

ま、まあ、そんなわけで、今日も碧陽学園は、平和です。

「ぎゃあぁ————！　もげた！　なんかもげたっ！」

「まだまだ……これからよっ！……杉崎が終わったら……守と、善樹もやるし」

『えええええええええええ!?』

………。

平和ったら、平和なんです。

「コイツは早くクビにするべきだろう……」by守

杉崎鍵の放課後

【杉崎鍵の放課後】

「ふぅ、終わりっと」

放課後。ハーレムメンバー達が帰り、夕陽も沈《しず》みかけている時間帯。俺、杉崎鍵《すぎさきけん》は今日の雑務を終え、コキコキと肩を鳴らした。誰もいない生徒会室内に、俺の独り言だけが響き渡る。

実に寂しい光景だが、この時間帯に一人なのはいつものことなので、もう今更《いまさら》あまり気落ちや疲労も無い。そもそも、雑務の片付けは自分からやり出したことだ。文句なんか、あるはずもない。これで明日《あす》も大好きな女の子達と無駄話出来ることを考えれば、一人だろうとモチベーションは上がるというものだ。

「おっと。早くしないとバイトに遅《おく》れるな」

室内の時計を見て、慌てて片付けを始める。

俺は慌ててカバンを摑むと、戸締《とじ》まりをして、急いで「今日のバイト」に向かった。

＊

「いらっしゃいませぇー♪」

コンビニのバイトにて。俺は笑顔でOLらしきお客さんに声をかける。彼女は俺のテンション高い声に一瞬《いっしゅん》びくっとしたものの、すぐに雑誌コーナーの方へと歩いていってしまった。

続いて、サラリーマンらしき男性客も店内に入ってくる。

「……らっしゃーい」

テキトーな態度、こなれた調子で挨拶をする。店長にはいつも「いや、客の性別によって態度変えるのやめようよ」と注意されるが、こればっかりは仕方ない。俺のテンションの問題なのだ。

もう一人のバイトが裏の作業に回ってるため、一人でレジを担当する。OLさんとサラリーマンのレジを済ませ、無人の店内でボーッとしていると、客がまた一人、やってきた。

「いらっしゃ――って、なんだ、守《まもる》か」

「お、杉崎。今日はお前の日だったか」

クラスメイトの宇宙守《うちゅう》がやってきた。このコンビニは宇宙姉弟の家のすぐ近くだったりするから、巡《めぐる》や守はちょくちょく来る。……いや、よく考えると、巡に関しては、なぜか俺のシフトの日は毎回会っている気がするな……。しかも、毎度十円チョコ一個とか、そんなに食うなら買い溜《だ》めしときゃあいいのにと思う駄菓子《だがし》とかを買うし。……謎だ。

俺が仏頂面をしていると、守は店内に他に客がいないことを確認しつつ、俺に声をかけてきた。

「よう、随分《ずいぶん》な対応じゃねぇか、店員さん」

「うっせ」

バイト先に来る知り合いっていうのは、どうしてこうウザいんだろうなぁ。

守は、俺の羽織っているコンビニのユニフォームを眺めながら、ニヤニヤとしている。

「お前でも、ちゃんと働くんだな」

「お客様、警察呼びますよ？」

「なんで⁉ なんで警察呼ばれんの⁉」

「…………」

「おい、無言でレジの中の警報ボタン押そうとすんな！」

「……レジのお金なら渡《わた》すんで、そろそろ勘弁《かんべん》して貰えませんかね」

「そんなにオレが客なのイヤ⁉」

暇《ひま》なので守をからかうも、俺の心は特に満たされない。……美少女いないと、やる気出んなぁ。生徒会の仕事はハーレムメンバーとの駄弁《だべ》りが絡むから、無償《むしょう》でも全然やる気あるんだけど。バイトに関しては、「金が必要だからやっている」という感じで、客が美少女な時だけ張り切るが、それ以外だと、どうにもかったるい。やることはやるけど。

守はレジの側《そば》の弁当コーナーをふらふらし始めた。店内は、俺と守、二人きり。

「……はぁ」

「えぇー。客にダイレクトに聞こえるため息とか、普通吐《ふつうつ》くか？」

「やる気でんなぁ。さっさと帰らないかなぁ、守」

「オレに聞かせんなよ、その独り言」

「ほら、守、さっさとそこの廃棄《はいき》が迫った弁当買って、帰ってくれ」

「お前、店員として最悪だなっ！」

守がぎゃあぎゃあと五月蠅《うるさ》い。他に客も来ないので、仕方なく、レジから出て、守の側へと寄っていく。

「お、なんだよ、杉崎」

「いや、折角だから、お客様にオススメの商品でも、と思って」

「なんだ、気が利くな」

「というわけで、ほら、守にはこっちのコーナーのあれがオススメだ」

そう言って、「弁当買いに来たんだけど……」という守を無視して、文房具《ぶんぼうぐ》コーナーに連れて行く。そして……。

「ほれ、画鋲《がびょう》。明日も靴に入れるんだろ？」

「オレ、お前にとってそんなキャラ認識だったの⁉」

折角渡してやったのに、守は即座に画鋲を棚に戻《もど》してしまった。

「なんだよ。折角お客様のニーズに応《こた》えてやったのに」

「求《もと》めてねぇから！　オレ、別に画鋲とか靴に入れたりしねぇから！」

「……仕方ないなぁ。ほら、じゃあ、これは買ってけよ。必要だろ、守」

俺は隣のコーナーの商品を手に取り、彼に渡す。

「ん、なんだよ」

「育毛剤《いくもうざい》」

「オレ、お前の目にどんな風にうつってんの⁉」

「とても残念な感じに」

頭頂部を見ながら言う。

「なんでだよ！　どこをどう見たら、育毛剤が必要に見えんだよ！　ほら！　ふっさふさだぞ、オレ！」

「今はな。じきに、分かる」

「やめろよそういう発言！　男なら結構マジで怖《こわ》いんだから！」

そう言いながら、折角薦《すす》めてやったのに、守は育毛剤を棚に戻してしまった。……人の厚意を無駄にしやがって……。

画鋲とか育毛剤は全く必要無いと言うので、仕方なく、コーナーを移動する。インスタント麺《めん》やお菓子のあるコーナーに到着。

「まあ、確かにこういうのはどれでも、あれば食うな。杉崎、オススメは？」

「そうだなぁ」

俺はしばし吟味し、そして、珠玉《しゅぎょく》の一品をチョイスする。

「守にはこれじゃないかなぁ。『カロリーゼロ！　ダイエット中華《ちゅうか》シリーズ！』」

「だからオレ、お前からどういう風に見えてんの⁉」

「とても残念な感じに」

腹回りを見ながら言う。守は「いやいやいやいやいや！」と全力で否定していた。

「オレ、太《ふと》ってねぇから！　見りゃわかるだろ⁉　ほら、オレのどこが――」

「今はな。じきに、分かる」

「この店員、イヤすぎるー！」

いちいち不安にさせる俺の発言に、守が遂にキレてしまった。仕方ないので、「まぁまぁ」と守を落ち着かせる。

「悪かったな、客」

「客と呼び捨てされるぐらいだったら、まだ『守』って言われた方がマシなんだがっ！」

「ほら、そんなお前にはこれだ」

「これは……」

「魔法《まほう》少女ひめぽん。こすると服が消えるムフフなスクラッチカード入りガム」

「だから、オレ、お前にとってどんな認識なんだよ！」

また怒られてしまった。……結構な人気商品だったんだがな。サラリーマンが、結構買ってく。俺も全種類コンプリート済みだ。しかし、守は気に入らなかったらしい。

「すまん、悪気《わるぎ》はなかった。男なら、喜ぶと思ったんだ」

「い、いや、まあ、他意が無かったなら、いいんだが……」

「そうか。守は、こっちの『ガチムチフィギュア入りガム』の方が好きだったな」

逞《たくま》しい男性が絡《から》み合っているフィギュアを差し出す。

「いや好きじゃねえよ!? なんでお前にとって、オレってそんな認識なの!?」

「……そうか。まだその趣味に関しては、オープンにしてなかったか。悪い」

「その謝り方もやめてくれる!? オレ、本当にそういう趣味ないから!」

「……そうだな。うん。守は、そういう趣味無い。そうだな。皆がどう言おうと、俺だけは、信じてるからな、守」

「オレ、皆からそんなこと言われてんの!?」

俺は神妙《しんみょう》な顔つきで、守の肩に手を置く。

「皆が言うほど、俺は、守のこと、そんなに悪く思ってないよ。元気出せ」

「え、なにその理解者のフリして傷つける言動! オレ、別にそもそもそんなに皆に嫌《きら》われてないって!」

「……あ、守。これ買っといたら。『制汗《せいかん》スプレー』」

「オレ、臭いの⁉　臭いのか⁉」

「うん、俺は、全然気にしないけどな。……元気出せ」

「臭いのかー！」

守をからかって暇を潰《つぶ》すも、今ひとつ元気が出ない。

俺はくるりと守に背を向ける。

「守はつまんないから、俺、レジ戻る」

「うっわ、俺の人生史上、ブッチギリで最下位の接客態度だ！」

守を無視し、俺はレジへと戻る。しばらくボーッとしていると、守が生姜《しょうが》焼き弁当を二つ持ってレジにやってきた。

俺は即座に告げてやる。

「二つで三万九千八百円になります」

「はいはい……って、高ぇよ！」

「じゃ、さんきゅっぱです」

「いやいや、言い方の問題じゃねえし！　っていうか、ちゃんとバーコード読み込《こ》ませろよ！　自分で値段決めるなよ！」

「ぴっぴ……。ぴっぴ……。……カタカタカタカタカタ！　というわけで、さんきゅっぱです」

「いや、今なんかレジ操作しただろ！　かけ算かなにかさせただろ！」

「警察呼びますよ」

「オレがな！　ぼったくりで捕まるのお前だから！」

「はぁ……。もういいや。はい、税込《ぜいこ》み五百円の二つで、丁度千円ね」

「最初からそう言えばいいんだよ……」

守が千円をとりだし、俺はそれを受け取りながら、声をかける。

「草履《ぞうり》、温めますか？」

「おう、お願い……って、なんで草履なんだよ！　弁当温めろよ！」

「今からですと、俺が人肌《ひとはだ》で温めますんで、一時間程かかりますが……」

「だからなんで秀吉《ひでよし》スタイルなんだよ！　後ろのレンジ使えよ！」

「鈍器として？」

「レンジとしてだよ！　いいから、弁当温めろ！」

「しゃーねーなー。こんなサービス、滅多《めった》にないんだからね？」

「そうなの⁉　どんなコンビニ⁉」

俺は仕方なくレンジに弁当を押《お》し込み、加熱を開始する。その間に、守から千円受けとり、レジをうつ。弁当が温まるのを待つ間、暇なので俺はカウンターに肘《ひじ》をついて、くはぁとため息を吐く。

「おい、守。暇だから、なんか小話でもしろ」

「なんで客が店員の暇を潰《つぶ》さなきゃいけないんだよ！　レジ袋《ぶくろ》でも用意しておけよ！」

「レジ袋？　なんでそんなもんを用意せにゃいかんのだ」

「はぁ？　いや、温まったオレの生姜焼き弁当を入れるために……。ああ、あれか。エコバッグのこと言ってんのか？　今日は持って来てないから、レジ袋で――」

「いや、そもそも今温めてんの、俺の弁当だけど？」

そう言って、守の買った生姜焼き弁当二つを、レンジの横からカウンターへと運んでくる。うん、とてもひんやりだ！

「なんでだよ！　じゃあ今のこの時間、なんだったんだよ！　なんでオレが、お前の弁当温まるの待ってたんだよ！」

「クラスメイトだから？」

「なにその理由！　いいから、うちの弁当温めろよ！」

「ワガママな客だなぁ」

「そうかなぁ！」

仕方ないので、俺の弁当を温め終わったところで、入れ違《ちが》いにレンジへ守の買った弁当を入れてやる。

俺はレジに戻り、自分の弁当（さっき買っておいた）を、開封《かいふう》した。

「もぐもぐ……もぐもぐ……」

「いやいやいや、客の前で、店員がレジで弁当食うなよ！」

「守、腹減ってんだろ？」

「ん、ああ。だから、なんだよ」

「いや、だからこそ、目の前で食ってやろうと思って」

「お前、人としてとことん最悪だな！」

「ところであの弁当は、守と巡の分か？」

「ん、ああ。今日は両親いないし、作るのも面倒だったからな。弁当で済ませることにしたんだ」

その答えに、俺はやれやれとため息を吐く。

「そんな食生活だから、ハゲるんだぞ」

「いやだからハゲてねぇし！」

「そんな食生活だから、巡もあんな性格になるんだぞ」

「うん、すまん、それはなんか若干反論しづらいが、多分食生活のせいでは、ない」

「そんな食生活だから、守は友達出来ないんだぞ」

「だからオレ、お前からどんな風に見えてんの!? ちゃんと友達いるよ!」

「そんな食生活だから、妄想の友達とか嫁《よめ》とか見えちゃうんだぞ」

「オレの現実全否定!?」

「そんな食生活だから、超能力とか使えるようになっちゃうんだぞ」

「コンビニ弁当すげぇな、おい!」

「そんな食生活だから、バブルが弾《はじ》けたんだぞ」

「それオレの食生活絶対関係無いと思うんだがっ!」

「お前がそんな食生活だから……俺の義妹と幼馴染《おさななじ》みはっ!」

「なんで胸ぐら摑まれてんの!? 事情は知らんが、今すげぇ責任転嫁《てんか》してるよねぇ!?」

「まったく。コンビニ弁当食うとか、信じられんな。もぐもぐ」

「ごめん、ボケが渋滞《じゅうたい》を起こしていて、オレ、どうしたらいいやら……」

そうこうしていると、チンとレンジが鳴る。俺はよっこらせと立ち上がり、レンジから生姜焼き弁当二つを取り出した。そして、カウンターへと持ってくる。

「千円になります」

「はいはい……って、オレさっき払《はら》ったよねぇ⁉」

「そんな食生活だから、金払ったという幻想まで見るんだぞ」

「ええ⁉　いや払ったよ！　絶対払ったよ！　ほら、事実、サイフから千円なくなってるし！」

「育毛剤買ったからだろ？」

「買ったの⁉　オレ、無意識に買っちゃってたの⁉」

「喜々として、頭に全部ふりかけてたな」

「マジで⁉　全然覚えがないんだがっ！」

「そんなわけで、ほら、千円払え。生姜焼き弁当が欲しいだろう？」

「う、うぅ……。……い、いや、絶対払った！　オレは、弁当に千円、払ったぞ！」

「守……お前、変わっちまったな」

「ええ⁉」

「昔のお前は、そんなヤツじゃなかったよ」

「そりゃそうだろう！　こういう店員と会ったことなかったし！　こういうやりとり自体、生まれて初めてだし！」

「商品が欲しかったら、お金を払う。簡単なことだろう？」

「いやいやいやいや！　お金を払ったから、商品を貰う！　そういうことだろ⁉」

「お前にはガッカリだよ。ガッカリオブザイヤーだよ！」

「なんか受賞した！」

「クラスメイトに、千円の臨時収入を恵《めぐ》んであげようという、優しい心はないのか！」

「お前今詐欺行為認めたよねぇ⁉」

「今はそういうことを話してるんじゃないんだ。お前の、善意の話だ」

「いやいやいやいや、まずは詐欺行為から糾弾《きゅうだん》していこうよ！　そっちの方が問題だからっ！」

「守。小学生の頃の、優しかったお前は、どこに行ったんだ」

「いや、オレ、お前と高校に入ってから出会《であ》ったんだが……」

「守。小学生の頃の、あのフサフサだった髪は、どこに行ったんだ！」

「まだちゃんとあるよ！　今もフサフサだよ！」

「守。小学生の頃の、俺に金を貢《みつ》ぐことに一生懸命だったお前は、どこに行ったんだ！」

「最初からいねぇよ⁉　そんなオレは、それこそ幻想だよ！」

「守。そしてホカホカだった生姜焼き弁当は、どこに行ったんだ！」

「お前とくだらねぇやりとりしてる間に冷めたんだよ！」

「というわけで、もう一度レンジに入れますので、しばしお待ち下さい」

「また待つのかよ！」

　というわけで、再びレンジにイン。生姜焼き弁当の加熱を始める。

「暇だぞ守。なにか話せ」

「だから、なんでオレがお前の暇を潰さなきゃなんねーんだよ。そしてこの無駄な時間、お前のせいで発生してんだからな!?」

「お前と巡の姉弟愛を描いた、気持ち悪い素敵エピソードとか無いのか」

「ねぇよ！　そして気持ち悪いとか言うな！」

「お前の、誰も興味無いダイエット記録でもいいぞ」

「だから、ねぇよ！　太ってないから！」

「今日の俺の接客を褒めてくれてもいいぞ」

「褒めるポイントが見あたらねぇよ！」

「お、あと一分で温まるな。じゃあ、守。一分で人格が変わる怖《こわ》イイ話でもどうぞ」

「ねぇよ！　むしろ一分で人格変える程怖い話が存在するってことが、既に怖いわ！」

「うまい。守君に、座布団一枚」

「座布団はいいから、いい加減弁当くれないかなぁ！」

「やらん。お前みたいなヤツに、うちの弁当はやれん！」

「なにその急なお義父さん的態度！」

「お前にお義父さんなどと呼ばれる筋合いはない！」

「だろうなぁ！　呼ぶ気もねぇし！　っていうか、いいから弁当渡《わた》せよ！　そろそろ加熱止めていいだろ！」

「まだだ！　まだ、生姜焼きがドロドロに溶ける段階まで行ってない！」

「行かなくていいんだよ！　どこまで加熱する気だよ！」

「メルトダウンするまでだ」

「させんなよ！　つうかこのレンジ、どんだけ加熱させられるんだよ！」

「レンジでは無理だが、俺の人肌ならあるいは……」

「お前どんな体温してんだよ！　いいから、ほら、チーンってなった！　渡せよ、弁当！」

「えー」

「えーとか言われる意味が分かんねぇよ！」

「レンジ開けて弁当渡すとか、ちょーだりぃーんスけどー」

「じゃあお前にコンビニ店員とか無理だよ！　とりあえず、いいから、弁当渡せ！」

「千円になります」

「何が⁉　チップか⁉　この接客で、まさかチップ要求してんの⁉」

「ちっ、これだから日本人は！」

「お前どこで働いた経験あんだよ！　コンビニでチップとか、ねえから！」

「誠意を見せてほしいよね」

「オレがね！」

「まったく……。しゃあないなぁ。……割り箸《ばし》は、いつも通り七万本でいいか？」

「ああ……って、よくねえよ！　二つの弁当、どんだけ分け合うつもりなんだよオレ！

そんなに要らねぇから！」

「じゃあ、ストロー一本だけ入れておくわ」

「なんでだよ！　米粒《こめつぶ》吸えってか！　姉貴と二人で、かわりばんこに米粒吸えってか！」

「なんか、一杯のか○そば的な、いい話の匂いがするな」

「しねぇから！　いいから、普通に割り箸二膳《ぜん》入れろよ！」

「千円になります」

「有料⁉」

「今ならもう一本おつけして、破格の千五百円！」

「普通に値段増えたよ！　ある種破格だがな！　じゃあいらねぇよ、箸《はし》なんか！」

「今なら送料も設置費も全《すべ》てジャパネット杉崎がお持ち致《いた》しますが？」

「元々送料も設置費もかからねぇし！　いいよ！　弁当だけくれよ！」

「お客様。大変失礼ですが、育毛剤の方はよろしいですか？」

「ホントに失礼だな！　いいよ！　いらねぇから！　いいから、弁当くれって！」

「かしこまりました。お時間少々かかりますが、よろしいですか？」

「よろしくねぇよ！　なんでここから時間かかるんだよ！　その袋《ふくろ》、渡せばいいだけだろうが！」

「先のお客様がおりますので……」

「はぁ⁉　誰だよ。店内に誰もいないだろ。どう見ても、オレが一番優先……」

「もぐもぐ。ごっくん。……もぐもぐ」

「お前かよ！　お前のご飯の時間とか、どうでもいいから！　とりあえず、オレに弁当を渡せ！」

「……しつこいヤツだな。ふ、負けたぜ。お前のそのひたむきさにはよぅ」

「なに上から目線で弁当渡して来てんの⁉……まあ、とにかく、弁当が手に入って良かった……」

「ところで、お客様」

「なんだよ。オレはもう帰るぞ！　弁当貰っちまえば、こっちのもんだ！」

「いえ、そちらの弁当、既にすっかり冷めておりますが、いかが致しましょう」

「ノォオオオオオオオオオオオオオオオオオオオオオオオオオ！」

「お前のうち、最近レンジ壊《こわ》れてるんだったよな……」

「わ、渡すしかないのか……。温めて貰うしか、ないっていうのか！」

「ふふ、温度を上げるも下げるも、全てこのコンビニ店員たる我の手の内よ！」

「くそぉ！　お前、この生姜焼き弁当をどこまで弄《もてあそ》べば気が済むんだ！」

　というわけで、再び守の手から弁当を奪い去る。

「加熱方法は、煮込《にこ》みでよろしいでしょうか」

「よろしくねぇよ！　なんで弁当煮込むんだよ！　普通にレンジに入れろ！」

「そちらの方ですと、ただいま少々お時間かかりますが……」

「だから、なんでいちいち時間かかるんだよ！　いいから、温めろ！」

「お時間はいいとしても、レンジ加熱は、少々値が張りますが、よろしいですか？」

「どんだけ金かかるんだよ、このコンビニ！　いいから、無料で、素早く加熱しろ！」

守に憤怒《ふんぬ》の形相で怒られてしまったので、俺は仕方なくレンジに弁当を入れる。

二つなので、二分ほど加熱。

「……守」

「なんだよ」

「お前、いつまで店内にいるつもりだ？」

「弁当貰うまでだよ！　なんでオレが迷惑《めいわく》な客みたいな扱《あつか》いなんだよ！」

「こっちも忙《いそが》しいんだから、あんまり手を煩《わずら》わせるな」

「お前が勝手に動いてるだけだろうが！」

「守よ。青春は短い。時間を大切に生きろよ」

「お前のせいで激しく無駄にしてるんだよ！　なにこの時間！　オレの人生史上、最も無駄な時間と言っても過言ではないぞ！」

「そう言って貰えると、俺も救われる」

「お前どんだけオレのこと嫌いなんだよ！」

そうこうしていると、チンとレンジが鳴った。俺は弁当を取り出して再び袋に入れつつ、ため息を吐く。

「日本の貴重な電力が無駄に使われていく……」

「お前のせいでな！　ほら、弁当渡せ！」

「がっつくながっつくな。そういうの、女の子に嫌われるぞ」

「お前に言われたくない言葉ランキング一位だな！」

「いいか守。女ってのはな——」

「いいよその話！　また弁当冷めるだけだし！　お前のアドバイスとかいらんし！」

「……分かった。今だからこそ素直に言おう、守よ」

「なんだよ。いいから弁当渡せ——」


「正直、暇《ひま》だ」


「客を暇潰《つぶ》しに使うな——————————！」

守は半径三キロぐらいに響き渡りそうなほど、絶叫していた。さっきからうちの店に客が寄りつかないのは、コイツが叫んでいるせいかもしれない。なんにせよ、暇であることは確かだ。俺は弁当を渡しながら、守の目を見た。

「どうだ守。あと二時間ぐらい、俺による守イジメに付き合う気はないか？」

「え、それオレが『うん、付き合うー』って答えると思ってんの⁉」

「守なら、あるいは」

「いやなにその過大評価！　オレは帰るからな！　空腹の姉貴に怒られるし！」

「……そうか。所詮《しょせん》お前はその程度の男だったということだな、守よ」

「うっわ、コンビニ去る時にかってここまで気分悪いことあっただろうかっ！」

「ご利用、ありがとうございました！」

「そして渾身《こんしん》の営業スマイル！　くそー！　なんか腹立つ！　けど、帰る！」

「……さて、塩まくか」

「ちくしょぉおおおおおおおおおおおおおおおおおおおおお！」

なぜか守は泣きながら帰っていってしまった。

…………。

「ああ、いい暇潰しが……」

俺はそれを名残惜《なごりお》しく見守る。あれはいい玩具《おもちゃ》だったのになぁ。惜しいなぁ。レンジもう三回分ぐらい、粘《ねば》るべきだったか。

守が帰ってしまって正直とても寂しい杉崎さんなので、気分を紛《まぎ》らわせるために、雑誌コーナーへと足を向ける。そうして、理由も無くR―18のコーナーを念入りに整理していると、ふと、脇《わき》にあった週刊青年漫画雑誌が目に留まった。

「うお」

　ちょっと引く。見れば、表紙&巻頭グラビアが巡だ！　宇宙巡！　芸名星野《ほしの》巡！　俺のクラスメイトにして、守の姉にして、美少女ながらある種の天敵、巡！

「マジかよ……。しかしなぜ俺の手はこうも勝手に伸《の》びる」

　怖いもの見たさなのかなんなのか、自然に雑誌を手にとって、ぱらぱらとグラビアページをめくってしまっている自分。

　そして、爆笑。

「ぎゃはははははは！　めっちゃすましてる！　なにこれ！　めっちゃ『大人の女』っぽく振る舞ってる！　この違和感《いわかん》、最高だな！　誰か注意しねぇのかな！」

　やべぇ。思っていた以上に面白いぞ、巡のグラビア。

『吸い込《こ》まれそうなキミの瞳。ねぇ、ボクだけを映しておくれよ、ピュアガール』

……………ぎゃはははははは！　なんだこれ！　誰が書いてんだ、この文章！　天才だな！　巡に対して、ピュアガールという言葉を用いるそのセンス！　もう、これは、これは——」

「これは、なによ」

「新ジャンル、『ギャググラビア』として売り出すべき——」

「ふんぬ」

「げぼら」

首がごきりといった。あれ。俺の体、前に背中がある。なんだこれ。……あー、納得。首が百八十度回転しちゃってるのか。なーんだ。あはははははははぐがががががががが！

「ギャ――――――！　なにこれ！　なんで⁉」

「あーら、ごめんあそばせ、杉崎」

「巡⁉」

気付くと、首だけ後ろに振り向いたその正面に、さっきまでグラビアで爆笑させて貰っていたその本人、宇宙巡が居た。なんか、額に血管がビキビキ出ている。修羅《しゅら》だ。これは、美少女グラビアアイドルではなく、修羅という種族だ。

「人のグラビア見て、随分楽しんで下さっていたようですわねぇ」

なんかお嬢様《じょうさま》言葉だし。笑顔なのに、すげぇ怒《いか》りのオーラを感じる。俺は首を無理矢理元に戻し、そして体をちゃんと振り返らせ、巡に応じた。

「い、いや、えーと。う、うん。そう！　巡のグラビアに、俺の心は夢中だったわけさ！」

「え。嬉しい！　ドッキーン！……みたいな反応《はんのう》するとでも思った？」

「無理ですよね」

「無理ね」

「…………」

「…………」

「いらっしゃいませぇ！」

「うわ、店員に戻った！　あまりの恐怖《きょうふ》に、杉崎鍵という個性を捨てたわね！」

「本日は巡様に限り、全品一〇〇パーセントオフでございます！」

「即座にそこまでプライドを捨てられるとは、凄い生存本能ね……」

「ゆっくりしていってね！」

「まあいいけど……。もういいわよ。で、ねえ、杉崎。守来なかった？」

「ん？　守？　ついさっきまで居たぞ」

「ちっ、入れ違いか。しっかし使えない弟め！　すぐ隣のコンビニで弁当買うぐらい、十分もあれば充分だろうに」

「ですよねー。コンビニで弁当買うだけで、どんだけ時間かけてるんだっつう話ですよ、あの優柔不断《ゆうじゅうふだん》」

　俺は巡に同意しておくことにした。心の中で、一応、守に謝っておく。

「………………」

ふと、なぜか知らんが妙な間が空く。巡が周囲をチラチラと見て、そして、なぜか若干頬を赤く染めて声をかけてくる。

「えと……二人きり……だね？」

「ん？　ああ、そうだな。今日は客が少なくてな」

「そ、そっか。…………も、もう少しここにいようかな、折角だし」

「えー」

「なによその反応！　ゆっくりしてけって言ったでしょ！」

「すいません。ごゆるりと」

「う、うん」

「…………じゃあ俺、レジ戻るから、テキトーに店内でも見てろ——」

「ちょ、ちょっと！　なんで帰るのよ！　他に客いないんだから、私の買い物に付き合いなさいよ！」

「えー」

「……今度は逆回りで回転させてみようかしら」

「是非お供させて頂きます！」

というわけで、なぜか巡の買い物に付き合わされるハメに。……俺の今日のバイトって、宇宙姉弟の接待かなんかなのだろうか。

「おい、巡。お前にお薦《すす》めの商品があるんだが」

「な、なに？　可愛いヘアバンドとか……かな？　えへ☆」

「いや、この『猿でも分かる演技指導』っていう本なんだが……」

「さってと、鈍器に使い易《やす》い商品はどれかなーと」

「すいませんでしたお嬢様」

「あ！　これなんてどうかしら杉崎！　私にぴったりよ！」

「あらいぐまちゃん消しゴム？……ハッ！　お前にぴったりなのは、むしろ、このリアルドクロ型消しゴム『キルイレイサー』シリーズ――」

「さってと、この店で一番鋭利《えいり》な文房具ってどれかしらね、店員さん」

「お嬢様にはフローラの香《かお》り漂《ただよ》う気品溢れる花の消しゴムが似合うかと思われます」

「そうねー。あ、飲み物も買おうっと。私に似合うのは……この、ピンクピーチっていう新発売の炭酸飲料かな――」

「B〇SSブラック一択《いちたく》だろう」

「うん、一・五リットルのペットボトルって、結構手にしっくりくるね！」

「バラの風味が仄《ほの》かに薫《かお》る紅茶など、お嬢様にはぴったりだと、爺《じい》は思います」

「そうよねー。じゃあ、ヘアバンドと消しゴムと紅茶で、レジお願いしようかしら」

「サー、イエッサー！」

「うん、従順なのはいいけど、その返答は若干気に障るぞ♪」

相変わらずこの世で一番苦手な美少女たる巡をレジに案内し、守の時とは段違《だんちが》いのスピードで会計を済ませる。そして、全力で頭を下げた！

「ありがとうございやした――――――――――――――――！」

「な、なによ。そんなに急がなくてもいいじゃない……」

「またのご利用、心よりお待ちしてにょにょりにょ――――――――！」

「なんだって!?　なんか最後誤魔化さなかった!?」

「っした――――――――――――――――――――――――――――！」

「した!?　なんで運動系部活動みたいなノリなのよ、アンタ！　な、なんか気に食わないわね……。……分かった！　折角だから、私、今日杉崎のバイト手伝《てつだ》う！」

「えええええええええええええええええええええ――――――――――――！」

「今日一番の声だしたわね！　なによその反応！　嬉《うれ》しがりなさいよ！」

「お、お嬢様の手を煩わせることなど、とても……」

「いいから！　手伝う！　私、決めたから！」

「分かりました。俺も覚悟《かくご》を決めました（キリッ！）」

「ドキッ！　そんな真剣な眼差しで……杉崎……やっぱり私と一緒がいいのね――」

「ぴぴっ。……あ、店長ですか？　俺です。杉崎です。あの、すいませんが、今日現時点をもって、俺このバイト辞めま――」

とそこまで言ったところで、巡に携帯《けいたい》電話を取り上げられてしまった。

「なんの覚悟決めてんのよ！　ほら、二人でやるよ！」

「……はい」

「（……ふふふ……二人で店を切り盛り……ふふふ……夫婦みたい……ふふふ）」

「（な、なんか巡が気持ち悪く笑ってる！　これは嵐《あらし》がくるぞ！　かつてない、嵐がくるぞ！　今日のバイトは、大荒《おおあ》れだぞ――――――――！）」

そんな恐怖に身を震わせていると、こんな時に限って来客。慌ててそちらを振り返る。

「いらっしゃいませ――」

「……………………姉貴待ってたら、弁当冷めた」

不幸の権化《ごんげ》みたいな男、宇宙守が弁当を持って、泣きそうな表情で戻ってきていた。

＊

翌日の生徒会にて。

「ねえ、杉崎。杉崎ってば。ねえねえ。……どうしたのよ、今日は。全然エロ発言とかしないけど。え？　バイト？　バイトがなんだって？　そんなか細い声じゃ聞こえないよ！　え？　バイトが……辛いの？　どうしたのよ、急に。今まで、一杯かけもちしても全然へこたれずにやってたじゃん。……は？　姉弟のお守《も》り？　お守りが辛い？　テンションも辛い？　なんの話よ。ベビーシッターかなんかのバイト始めたのかな——って、泣いてるの⁉　泣いてるのね杉崎！　どうしたのよ！　バイトそんなに辛いの⁉　凄く気になるよ！　なんで心がそこまで折れてるのよ！　一体、バイトでなにがあったっていうのよぉ！」

「姉妹揃って、ホント慌ただしい月末だったぜ」by深夏

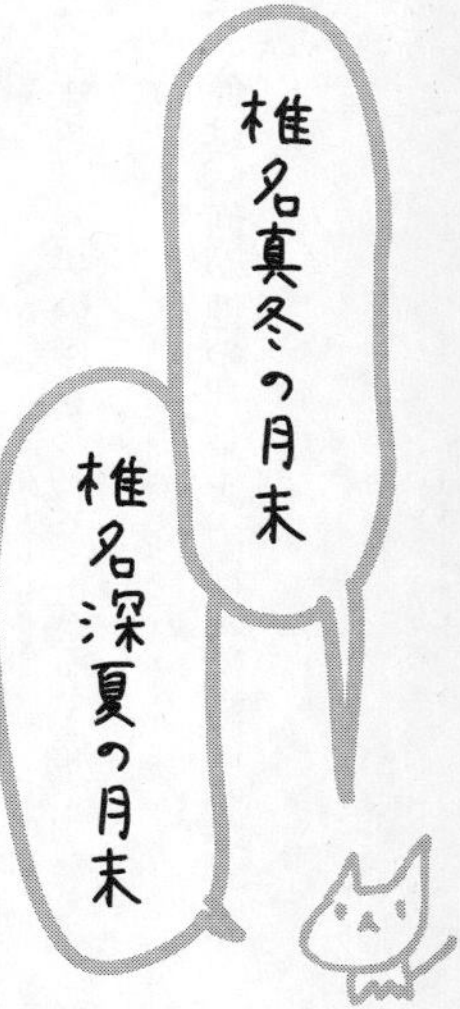

【椎名真冬の月末】

「先輩、真冬《まふゆ》を買って下さい」

「………は？」

季節も冬に近づき、肌寒《はださむ》くなってきた某日《ぼうじつ》のこと。今日の会議を終え、生徒会室でいつも通り雑務をこなしていた俺に対し、なぜか一人舞《ま》い戻《もど》ってきた真冬ちゃんが、決意の眼差しを向けていた。

俺は作業に使っていたシャープペンをからんと落とし、口をあんぐりと開けたまま、喉の奥から、もう一度声を絞《しぼ》り出す。

「は？」

それしか出て来ない。筆記具を離《はな》して空いた右手で、左手の甲《こう》をつねってみる。痛い。日頃の疲労で、幻覚《げんかく》を見ているわけでもなさそうだ。

ならば、聞き間違《まちが》いか。そうに違いない。また俺は、何か他の言葉を、自分に都合のいいように聞き間違えていて、だから——

「先輩。真冬を……買って、下さい」

「…………」

ほんのりと頬を染めながら、再度そんなことを言う、美少女後輩。

…………。

まあ待て。待て待て待て待て待て待て待て待て待て待て待て待て待て待て待て。

落ち着け、俺。落ち着け落ち着け落ち着けおちつおちつおちおちおちおちおちおち
おおおおちおおおおちおおおおおおおおおおおおおおおおおおおおおおおおお
落ち着け！

ふぅ。まあ落ち着け。とにかく、幻聴《げんちょう》が二回聞こえたぞ。おかしいなぁ。「マフユヲカッテクダサイ」だって。うーん、なにをどう聞き間違えてるんだか。

あ、そうか。漢字が間違ってるのか。ここは、「真冬を買って下さい」じゃなくて。

むしろ、「真冬を飼って下さい」だったんだな！

そうかそうか、それなら安心納得——

「出来るか！　むしろ余計アレだわ！」

「はぅ!?　な、なんですか!?」

俺の唐突な叫びに、真冬ちゃんはびくんと怯えてしまっている。しかし、今の俺は、彼女を気遣《きづか》っている余裕などない。落ち着くんだ、杉崎鍵《すぎさきけん》。精神統一だ。色即是空《しきそくぜくう》、空即是色《くうそくぜしき》、全力少年、初恋《はつこい》限定、焼肉定食！　とにかく、無の境地へと至るんだ！

「あのー、先輩？」

「……惑《まど》わされないぞ……」

「あの、なんで目瞑《つぶ》っちゃうんですか？　椅子の上で座禅《ざぜん》まで組んで……」

「…………」

「だから、あのですね、先輩。真冬を、買って下さいなのです！」

「……………………」

「せ、先輩？　聞いてます？……………ゆさゆさ」

「！」

「先輩。お願いですから……真冬を、買って下さい！」

「う、うあぁああああああああああああああ！　ナンマイダブナンマイダブ！」

「なんでお経《きょう》読むんですか！　もう、いい加減にして下さいです！」

「あぅ」

真冬ちゃんに、額をぺしっと叩かれてしまう。煩悩《ぼんのう》に飲み込《こ》まれぬよう、恐《おそ》る恐る目を開くと、そこにはぷんぷんと怒っている様子の真冬ちゃんが居た。

「まったく！　先輩、真冬の話、ふざけないでちゃんと聞いて下さい！」

「い、いや、だって……。……キミ、本物の真冬ちゃん？」

「はい？」

「いや、もしかしたら、エロ男たる俺を真に堕落《だらく》させるべく現れた、淫魔《いんま》の類《たぐい》だったりするのかと……」

「なにを言ってるんですか！　先輩はエロゲのやりすぎです！　真冬は、真冬です！」

「そ、そうなんだ。それは安心したけど……」

しかし、そうなってくると、これはこれで問題だ。

俺は……真冬ちゃんの体をなめ回すようにじっくりと見て、ごくりと唾《つば》を飲み込んだ。

途端、真冬ちゃんが「てい！」と俺の頭をチョップしてくる！

「な、なんですか、先輩！　その邪《よこしま》な視線は！」

「だ、だって！　こんな状況で、そう見るなという方が無理だろう！　俺は悪くない！　不可抗力《ふかこうりょく》！　真冬ちゃんの発言のせいだろ！」

「なにを開き直ってるんですか！　別に真冬、えっちぃことなんて何も言ってないじゃないですかっ！」

「は？　いや、だって、真冬を買ってって……」

俺の疑問に、真冬ちゃんもまた、首を傾げる。

「はい、真冬は確かにそう言いましたけど……」

「やっぱり言ってるんじゃないか！」

「はぁ。言いましたけど。……ええと、それが、なにか、えっちぃことと関係があるんですか？」

「……は？」

全く意味の分からない俺に、真冬ちゃんは、これまた不思議そうな様子で、告げてきた。

「ですから、先輩。お金を稼ぐためにちょっとバイトしたいんで、真冬の能力を、買って欲しいんですけど」

＊

「バイトを紹介して欲しいなら、最初からそう言おうよ」

「真冬は端的《たんてき》に自分の目的を言いましたです。そんな勘違いしている先輩の方が、おかしいんです」

真冬ちゃんから事情を聞き終え、俺達は二人で生徒会室、そして碧陽《へきよう》学園を出て、現在は俺のバイト先がある街の方へと歩いていた。久々の、生徒会メンバーとの帰宅。気温こそ低くなってきたが、今日は陽射しのおかげで、少しだけぽかぽかと暖かい。

俺は歩行ペースをスローな真冬ちゃんに合わせながら、彼女の願いを再確認することにした。

「えーと、それで、日雇《ひやと》いのバイトがしたいんだっけ？」

俺の質問に、真冬ちゃんはいつになくやる気を漲《みなぎ》らせた目で「はい！」と答えてくる。

「真冬、早急にお金が必要なんです！」

「そりゃまた、どうして」

「明日《あす》発売する新作ゲームを買うお金が、計算違いで、ちょっと足りなくなってしまったのです！　これは、大問題ですよ！」

「はぁ……ゲームねぇ。でも確か真冬ちゃんは……お小遣《こづか》い貰っている上に、アフィリエイトとか、なんかネット界隈《かいわい》で手広《てびろ》くやって、そこそこ稼いでるんじゃなかったっけ」

「普段はそうなんですけど……」

そう答え、真冬ちゃんは肩を落とす。

「お小遣いもネットの収入も、基本、月の初めにまとめて入ってくるサイクルなのです。

なので、計画的に使わないと、月末はホント懐が寂しくて……」

確かに、今日は二十九日。月の初めに収入がある人なら、ふんばりどころたる、月末の期間だ。しかし……。

「じゃあ、来月頭には、お金入ってくるんじゃないか」

「はい、そうですよ。今月は結構頑張ったので、アフィリエイト収入なんかもガッポリです」

そんな風に答える真冬ちゃんに、俺は、思わず首を傾げた。

「じゃあ、その収入を待って、ゲーム買えばそれでいいんじゃ……」

「……なんですって?」

瞬間。真冬ちゃんの視線に、殺意めいたものが混じった気がした。俺は威圧《いあつ》されるも、しかし自分がどんな悪いことを言ったのか皆目見当《かいもく》もつかず、動揺《どうよう》しつつも話を続ける。

「いや、だから。明日……三十日発売なんでしょ、そのゲーム。だったら、来月頭に収入を得て、それで買えばいいだけの話なんじゃ……」

——と、俺がもっともな意見をしたつもりでいると。真冬ちゃんは唐突に「先輩!」と周囲の通行人もドン引《び》きするボリュームで叫び、そして、なぜか怒りのオーラを体中に充《じゅう》満《まん》させ、俺を睨み付けてきた!

「先輩！　そこに、座りなさいです！」

「こんな往来の真ん中に⁉」

真冬ちゃんが指さした先は、思いっきり歩道だった。夕飯の買い物途中と思われる主婦さん達が、三人一組ぐらいで寄り添《そ》いながら、こちらを見て何か喋っている。

俺はダラダラと汗をかき、思わず、自分だけでもと声のボリュームを下げて抗議《こうぎ》した。

「ど、どうしたんだよ、真冬ちゃん。なにを急にヒートアップして……」

「先輩は、何も分かってないんです！　ゲームの新作を、ちょっと待ってから買え、なんて！　よくも真冬にそんなことが言えたもんですね！」

「うん、ごめん、全く怒りのポイントが見えてこないんだけど」

俺のその発言に、真冬ちゃんは「やれやれ」と肩を竦《すく》める。……なんだこのムカック後輩《こうはい》は。最近、敬語以外は俺を先輩扱《あつか》いしてない気がするぞ、この子。

彼女は、物分かりの悪い子供を諭《さと》すような調子で、俺に語りかけてくる。

「いいですか、先輩。廃人ゲーマーっていうのは、新作ゲームを発売日に……いえ、一秒でも早く手に入れたいと、常に願っている者達なのです。あわよくば、フラゲだってガンガンやっていきたい生き物なのです」

「いや、それは偏見《へんけん》だと思うけど。事実俺もギャルゲやエロゲに関しては廃人ゲーマーと言えるレベルだけど、まあ他にやることもあるし、数日入手が遅れたって別に——」

「うるさいです！　少なくとも、真冬は早くゲームが欲しい人なのです！」

「知らないよ、そんなどーでもいい嗜好」

「どーでもいいとはなんですかっ！　じゃあ先輩は、気になる新作ゲームのフラゲ報告及《およ》びレビューを求めて、そのゲームのスレに入り浸《びた》ったこと、無いとでも言うのですか！」

「無いよ！　っていうか、なんで『誰もが一度は経験あるはず』的言い方なんだよ！」

「くぅ……なんて人でしょう！　『ネタバレは怖いです』『でもフラゲした人の感想は聞きたいです』という、揺れる乙女《おとめ》心を抱えながらスレを覗くあの気持ち！　それを知らないで、日夜ハーレムを語っているなんて！」

「そんな話題をハーレム思想や乙女心に結びつけるのはやめてくれるかなぁ！」

「とにかく！　真冬は出来ればフラゲだってしたいぐらいなのに、それどころか発売日にさえゲームを買えないなんて……ありえない拷問《ごうもん》です！」

「お、大袈裟《おおげさ》な……。ゲームなんて、一日早くやれたからって何が変わるわけでも……」

「は……は……」

「は？」

「歯をくいしばりやがれです――――――――――――――――――――!」

「殴るの⁉ こんな話題で⁉」

真冬ちゃんが、フーフー言っている。やばい……なんか本格的に怒ってらっしゃるぞ。

「ま、待とうよ、真冬ちゃん! ゲームは、早解きが全てじゃないだろう!」

「勿論そうです! 真冬に言わせれば、一週目から早解きなんて、勿体《もったい》ない楽しみ方にも程があります! でも、そういうことじゃないんです! 誰よりも早くクリアしたいから、早く手に入れたい……そういう、短絡《たんらく》的なことじゃないんです! ゲーマーの、フラゲ、及び発売日ゲット願望って!」

「……あー、もう、ホント、なんだろ。この話題、本格的にどーでもいいんだけど……」

「ゲームの本質がそんなところに無いのは、百も承知です! 言われるまでもないのです! でも、そんなこととは全く別なんです、最新ゲームの素早いゲットにかける想《おも》いは! いわばそれは、時代の最先端《さいせんたん》を駆《か》け抜《ぬ》ける行為とも言えるのです! うまく説明できないですけど、きっと誰もが分かるハズなんです! 古くはファミコンのドラ○エ購入に長蛇《ちょうだ》の列が出来たあの時代から、その想いは皆の中に――」

俺はもう死んだ魚のような目をしながら、テキトーに一通り真冬ちゃんの主張を聞き、彼女の言葉が途切れたあたりで、結論づける。

「……つまり、真冬ちゃんは、どうしても発売日にゲームが欲しいけど、お金が足りないから、手っ取り早くさくっと足りない分だけ稼《かせ》げるぐらいの、ちょっとしたバイトがしたいと。そういうことなんだね」

「はい！　そういうことです！」

まとめると、びっくりするほど単純なことだった。……なのになんで、それだけのことの再確認で、こんなに長ったらしくなったり、ヒートアップしたりしなければいけないのだろう。

俺は改めてこの子の扱い辛さを実感する。……さてこのへっぽこを、今日の俺の最初のバイトである「新聞配達（夕刊）」に、どう絡《から》ませたものか。

新たな問題に頭を悩ませながら、俺達はバイト先へと続く道を歩くのだった。

＊

俺のバイト先の営業所では、基本日雇いのバイトはとっていない。しかも連れてきたのが真冬ちゃんでは、所長もそりゃ渋《しぶ》い顔をするというものだ。

仕方ないので、真冬ちゃんに隠れ、ちょろちょろっと条件をつけて頼み込み、最終的にはなんとか、俺の手伝《てつだ》いということで、真冬ちゃんを一緒に働かせる許可を得た。

そうして、遂に駄目人間椎名《しいな》真冬が、全く似合わない営業所に足を踏《ふ》み入れる！

「真冬、誠心誠意、頑張るですよー！」

所内にてそう意気込《いきご》む真冬ちゃんに、今まで「ここは女子供の来るところじゃねぇ」的表情を浮《う》かべていたむっさいバイト仲間男性陣《だんせいじん》も、若干、頬が緩《ゆる》む。うん……まあ、あれだ。運動部に、可愛いマネージャーが来たみたいな状況だ。

真冬ちゃんは目に活力を漲らせると、声を張って、皆に挨拶を始めた。

「とりあえず、皆さん！　最初に言っておきたいことがありますです！」

『（かわぇぇなぁ……癒されるなぁ……）』

皆がにっこにこして挨拶を待つ中、真冬ちゃんは、告げる！

「真冬には、近づかないで下さい！」

『！』

営業所内に衝撃《しょうげき》が走る！　ひきつる男性陣！　一部涙目！　所長咳払い！

「うん、ちょぉっと一回こっち来ようか、真冬ちゃん」

俺は真冬ちゃんの腕をぐっと引っ張って、営業所の外に連れ出す。自分が連れ出された理由が全く分かってない様子の真冬ちゃんに、俺は小声で、しかしキツく注意した。

「うん、考え得る限り最悪の挨拶だよね」

「？　なにがですか？　真冬、正直に言いました！　素直ないい子です！」

「いや、まあ、キミが男嫌《ぎら》いなこと知ってる、俺やシリーズ読者さんにならまだしもね。初対面の人達に、あれはないよね、流石に。ほら見なよ、営業所内。普段はガハハハハ、ガハハハハと笑い声に溢れてるのに、今、皆《みんな》無言だよ。あんな空気、初めてだよ」

「そうですか……。真冬、こういう場では、自分をさらけ出してこそ良好な人間関係が築けると信じていたのですが……」

「う、うん、なんか、考え方自体はそう間違ってないんだけどね。ええと……どう言ったらいいか分からないけど、とにかく、もうちょっと皆に歩み寄ってくれると、ありがたい」

「？　でもよく考えたら、配達はそれぞれ別だから、あんまり空気とか関係ないのでは？」

「ああ、配達前にチラシ折り込《こ》み作業があるんだ。皆で。三十分ぐらいかな。だから……」

「はい……そうですね。確かに、三十分この空気は、辛いです」

「分かったなら、営業所に戻って挨拶をやり直そうか」

「はい！　分かりました！　真冬、今度はちゃんと、さらけ出す部分を考えて、発言したいと思います！　確かに、男性恐怖症《しょう》は入り口として間違いだったかもしれません！」

「うん、そうだね。その点については、後から俺がさりげなく説明するから」

「はい！　よし……じゃあ、いきます！」

気合いを入れて、真冬ちゃんは営業所へと戻っていく。俺もその背を追い、所内へと戻る。

男性陣が、若干不審《ふしん》の目でこちらを見る中……真冬ちゃんは、こんな男だらけの中でも、健気《けなげ》に、全く物怖《ものお》じせず、改めて挨拶を告げた！

「皆さん、ＢＬは好きですか！　真冬は、大好きです！」

『！』

「おいこらそこの後輩、ちょっとツラ貸せや」

「い、痛いです、先輩！　そんなにぐいぐい引っ張らないで下さい！　ＤＶですぅー！」

問答無用で、真冬ちゃんを外へと連れ出す。もう、あれだね。美少女だとか、好きな相手だとか関係無いね、こうなると。

外まで来て、とりあえず、真冬ちゃんの目を睨《にら》み付ける。

「なんで呼び出されたかは、分かってんだろうなぁ？　あぁん？」

「せ、先輩がいつもと違います！　不良さんになってます！　怖いです！」

「そりゃいくらフェミニストの俺でもこうなるわ！　さっき俺に注意されたこと、全く反省してないよなぁ⁉」

「？　そんなことないですよ。真冬、男性の皆さんと歩み寄るために、少し恥《は》ずかしかったですが、男性同士の絡み合いが好きなことを暴露《ばくろ》させて頂きました」

「それで食いつく男がいると思ってるの⁉　ほら、所内の皆見てみろよ！　やりました！」

「おぉー、ざわざわしてます！　さっきの無言状態から回復です！　やりました！」

「やりましたじゃねえよ！　皆動揺してざわついてんだよ！　最早、キミという女の子にどう接していいのか、誰も分からなくなってるんだよ！」

「女はミステリーと言いますからね」

「自分が女性の代表みたいに言わないでくれる⁉　とにかく、挨拶はもっと、浅いところからでいいから！　そこまでさらけ出すことないから！」

「うーん、先輩は、言うことがちょくちょく変わりますね。人として軸《じく》がぶれてます」

「おっほう！　この怒りは何処《どこ》にぶつけるべきなんだろう、神様！」

「仕方ないです。分かりました。真冬、浅い付き合いをします！　バイト仲間の皆と、表面上の……上辺《うわべ》だけの付き合いをします！」

「うん、まあ、言い方にすんごい引《ひ》っかかりを感じるけど、もうそれでいいよ……」

いい加減、諦めることにする。まあ、BL好き告白から入るよりは、幾分《いくぶん》良好な関係性と言えるだろう。

その後、営業所に帰った真冬ちゃんの「ヨロシクオネガイシマス」という今度はべらぼうに棒読みでカタコトな挨拶はあったものの、とにかく、そんなこんなでようやく俺達のバイトは始まったのだった。

＊

チラシ折り込み作業は、ベテランと素人で速度にこそ大きな違いがあったりするものの、基本は、技術も何も要らない作業だ。誰でも、わざわざ教えられなくても、バイト初日から充分作業出来る。だから、ここは真冬ちゃんでも充分に戦力になる。

……と、思っていたのだが。

「……先輩」

俺がちゃっちゃと作業を進める中、真冬ちゃんは、まだ一部も作成せずに、呆然とした様子で俺に声をかけてきていた。

「なに、真冬ちゃん。まさか、やり方分からないとか言わないよね？」

「馬鹿にしないで下さい。真冬だって、新聞の間にチラシを入れるぐらい、朝飯前です」

「じゃあ、口じゃなくて、手を動かそうね」

「そうは問屋が卸《おろ》しません」

「びっくりな切り返しだ」

「聞いて下さい、先輩。真冬、大変なことに気付いてしまったのです」

「なんだよ……」

作業しながら彼女の方を見ると、真冬ちゃんは、顔面を蒼白にしていた。

そして……深刻な様子で、告げる。

「今日の夜、チェック漏《も》れしていた深夜アニメが始まるようです！」

「テレビ欄《らん》読んでないで、作業してくれるかなぁ！」

「ど、どうしましょう、先輩。他局の予約録画しているアニメと、時間帯がかぶってます！」

「どうでもいいよ！　とにかく、今はバイトに集中してよ！」

「お金より大切なことって、あると思います」

「深夜アニメより大切なことも多いと思いますけどねぇ！」

「先輩。……それはアニメに対する侮辱と受け取って、よろしいですか？」

「もうそれでいいよ！　口ゲンカなら受けて立つから！　とにかく、手、動かして！」

「そうですね。手も動かすべきでした。……ＰＩＰＩＰＩ……」

「なんで新聞とチラシじゃなくて、ケータイいじってんの？」

「はい、アドバイス通り手も動かして、メールで、ネットで知り合った友人に録画の分担を頼もうとですね……」

「駄目人間すぎるだろう！　いい加減にしないと、俺、本格的に軽蔑《けいべつ》するよ！」

「！　な、なんでしょう！　今のには、ズキンと心が痛みましたです！」

「気付いてくれたなら結構！　タイミングは大分遅《おそ》いけどねぇ！」

「仕方ありません……真冬、決死の覚悟で、今は新聞にチラシを挟《はさ》んでいきたいと思います」

「うん、まあ、なんでもいいから、働いて」

「はい！」

真冬ちゃんはそう答えると、ケータイを切り、テレビ欄《らん》から目を離して、ようやく作業を開始する。バイト仲間の皆さんも、ホッと胸をなで下ろしたご様子だ。

皆よりペースは遅いものの、真冬ちゃんはせっせと作業に励《はげ》んでいる。その様子に俺も安心し、自分の作業に集中。そうして、五分ほど経過した頃……。

「……先輩」

真冬ちゃんが、また声をかけてきた。見ずに応じる。

「ん～、なに？」

「恋愛って、友情って、仲間って、なんなんでしょうね」

「どうした急に！　なんでこのタイミングでシリーズの核心に迫るようなセリフ⁉　今ここでそれについて話さなきゃいけませんかっ！」

「だって、暇です。このゲーム、単調です」

「ゲームと捉《とら》えるからだよ！　それに、雑談と言っても、他に話題あるだろう！　いくらここでは、ディープな話題は控《ひか》えるようにしてると言っても……」

「オタクネタを省いたら、真冬には、何も残りません！」

「なんで自信満々に言うの⁉　じゃあ……手は仕事に集中して、口で遊ぼうか」

「なんかえっちぃですね！」

「ああ、自分で言ってても思ったけどね！　なんていうか、しりとり的なことだよ！」

「うーん、そうですね。じゃあここは、オーソドックスに……」

「あ、しりとりする？　じゃあ俺から——」

「皆さんでボイスパーカッションでもしますか」

「ボイスパーカッション⁉」

すんげぇハイレベルなバイト中の暇潰しだった！

真冬ちゃんが、「どうぞ」と言ってくる。無茶振りもいいところだが、折角提案してくれているので、俺は、テキトーにそれっぽく口を動かした。

「ず……ずんずんちゃっ、ずずずんちゃっ、ずんずんちゃっ、ずずずんちゃっ……」

『…………』

「ずんずんちゃっ、ずずずんちゃっ、ずんずん…………」

『…………』

「誰か入ってこようよ！　なんで俺一人なんだよ！」

めっちゃ恥ずかしかった！　なんか皆、「こいつ一人でなにしてんの……」的視線だった！

「というか、せめて真冬ちゃんは入って来ようよ！　なんで俺一人で主旋律《しゅせんりつ》でさえないリズムを延々と言わされなきゃいけないんだよ！」

「いえ、プロとのあまりのレベルの違いに、なんか恥ずかしくなっちゃいまして」

「俺を見て恥ずかしがるのやめてくれるかなぁ！　初心者を笑うな！」

「分かりました。次は、真冬も入ります」

「な、ならいいけど……」

そうして、俺は、かなり恥ずかしかったものの、もう一度、ボイパを始めてみる。今度は、さっきよりちょっと気合いを入れて、それっぽくやる。

「ツッツッツッツ、ツッツッツッツ、ツッツッツッツ……」

真冬ちゃんを引き立てるため、あえて弱めの……確かハイハットとかいう類の音を出してみる。ちっちゃい「ッ」を連続している感じだ。これなら、真冬ちゃんの可愛いボイスパーカッションを邪魔することなく堪能《たんのう》出来る。

俺がハイハットを続けていると、少々照れた顔をしながらも、真冬ちゃんが、ゆっくりと口の形を変える。

そして――

「ぽくぽくぽくぽくぽくぽくぽくぽくぽくぽくぽくぽくぽくぽくぽくぽ――」

「木魚⁉」

まさかの楽器チョイスだった！　あまりの驚愕《きょうがく》にハイハットをやめてしまった俺に対し、真冬ちゃんが頬を膨らませる。

「ここからが、サビだったのに……」

「サビあんの⁉」

「はい、ここで、誰かが『チーン』を入れてきてくれれば、完璧でした！」

「うちの営業所に何を求めてんの⁉　とにかく、他の楽器にしてくれませんかねぇ！」

「仕方ないですねぇ……」

真冬ちゃんが引き下がり、俺は、もう一度、最初からボイパをやり直す。

「ツッツッツッ、ツッツッツッ、ツッツッツッ……」

俺のハイハットに、真冬ちゃんが深く息を吸い……そして――

「――――――ブゥンッ――――――」

Ｆ１カーが走り抜《ぬ》けて行った。

………………。

「いやいやいやいやいやいやいや」

「なんですか、先輩。また中断して……」

首を傾げる真冬ちゃんに、俺は、作業の手も止めてツッコム！

「なんですかじゃないよ！　なんで高速の車が走り抜《ぬ》けてったんだよ、今！」

「危うくハイハットが轢《ひ》かれるところでしたね」

「いやそういう状況想像しなくていいから！　車は、楽器じゃないから！」

「それは聞き捨《ず》てなりませんね。世の中には、車のエンジン音を芸術だと捉える人だって、沢山いるんですよ！」

「そりゃそうだけども！　ボイスパーカッションに、楽器として参加するのは遠慮《えんりょ》して頂けませんかねぇ！」

「……これだから、頭の凝《こ》り固まった年寄りはイヤです。発想に柔軟《じゅうなん》さがないのです」

「一歳しか変わらないだろ！」

「仕方ないですね。じゃあ、要望通り、ちゃんと音楽になるよう、他のパートを担当してあげます。やれやれ」

「ありがとうございますねぇ！」

俺は憤《いきどお》りを感じながらも、しかし無言の作業がイヤなのも事実なので、引き続き、ボイスパーカッションに励む。

「ツッツッツッツ、ツッツッツッツ、ツッツッツッツ……」

自分で言うのもなんだが、結構ハイハットの出来はいいと思うんだ。勿論、簡単な部類ではあるのだけれど。

これであとは真冬ちゃんがまともな演奏をしてくれれば、部屋の空気もそこそこよくなる――

「YO！　真冬は北国生まれ、アニソン育《そだ》ちぃ！　オタクなヤツらは大体友達ぃ！」

「歌った!?」

最早ボイスパーカッションじゃなくて、ただのボーカルだった！

「YO！　YO！　YO！」

「…………」

なんか珍しくノッてらっしゃるので、もう、放置することにする。

バイト仲間の皆さんも彼女のキャラはもう完全に掴んだらしく、時折、皆でテキトーに「YEAH!」等と叫んで……結局三十分間、彼女の暴走を温かく見守ったのだった。

＊

「それではいよいよ配達だ、真冬ちゃん。準備はいい？」

営業所前の自転車置き場で、真冬ちゃんに声をかける。真冬ちゃんは、特別に貸し出された自転車を見て、「ふーむ」と唸っていた。

とりあえず俺は自分の配達担当分の新聞を、二人のカゴに半分ずつ乗せる。営業所の皆は、俺達に「じゃ頑張れよー」などと声をかけて、先に去っていった。今や、自転車置き場に居るのは俺と真冬ちゃんだけだ。

俺が自分の自転車のハンドルを握《にぎ》り振り返ると、しかし、まだ真冬ちゃんは唸っていた。

「どうしたの、真冬ちゃん」

「先輩……真冬、この自転車に乗るんですよね？」

「うん？　そうだけど。別におかしいところ無いだろう？　どこにでもある、普通の

「――」

「電動アシストがついてないみたいなのですが……」

「そりゃついてないよ」

「補助輪もついてないみたいなのですが……」

「そりゃついてないよ！　っていうか、自転車乗れないの!?」

「ば、バカにしないで下さい！　真冬だって、自転車ぐらい乗れますよ！」

そう言って、真冬ちゃんはおそるおそる、自転車に跨《また が》る。そして……。

「ぱた、ぱた、ぱた、ぱた」

「両つま先で地面を蹴って進むだと!?」

「………ふぅ。疲れます。逆に動きづらいです」

「だろうねぇ！　真冬ちゃん！　自転車乗れないなら、そう言おうよ！」

「し、失敬な！　自分の自転車なら乗れるんです！　電動アシストどころか、バランス制《せい》御《ぎょ》も全て全自動なあの自転車なら！」

「なにそのハイテク自転車！　ああ……もう、じゃあ、いいや。今日はちょっと時間余裕あるし……自転車を押《お》して、歩いて行こうか」

俺はカラカラと自分の自転車を押し、住宅街方面へと歩き始める。真冬ちゃんも、幾分《いく ぶん》

しょぼんとした後、カラカラと、俺の後をついてきた。

俺はしばし、無言で先を歩く。

一分経過。

「……よいしょ、よいしょ」

真冬ちゃんの呟きが聞こえる。……もう疲れたのだろうか。しかし、自転車を押して歩いているだけだ。ただのかけ声だろう。

二分経過。

「……ふぅ……」

今のはなんだろう。まさか、もう息が上がってるのだろうか。……いや、ここで振り返ってはいけない。普段はフェミニストな俺だが、バイトで甘やかしてはいけない。まあどうせ、今のも、たまたま息が漏《も》れただけだろう。うんうん。

三分経過。

「……ぜぇ……ぜぇ」

……これ、完全に息上がってるよね!?　なんで!?　三分自転車押しただけで、なんでそうなるの!?　いくらなんでも体力なさ過ぎない!?　病弱とは言っても、学校は普通に来られているんだし、寝《ね》たきりになってしまうような病気ではなかったはず。これは……これは、ただ単に、怠惰《たいだ》の結果だろうか。心苦しいが、まだ手を差し伸べるには早い。

五分経過。

「ひっひ、ふー！　ひっひ、ふー！」

「ラマーズ法持ち出す程辛いかなぁ、この作業！」

いい加減耐えきれず、俺は振り返った。真冬ちゃんは……疲れ気味の顔はしていたものの、特に汗もかかず、きょとんとしていた。

「あれ？　息切れてたんじゃ……」

「あ、いえ。事前に、疲れた時の息の仕方をしておけば、体力消耗《しょうもう》が少ないかなと」

「自転車押すだけの作業に、どんだけ備《そな》えてんだよ」

俺は嘆息して、前を向く。気付けば、一軒目のお宅まで来ていた。ここからは住宅街。

ようやく、配達が始まる。

「よし、真冬ちゃん。そこの家のポストに、新聞を入れてくれるかな」

「分かりました」

真冬ちゃんはそう応じると、自分の自転車から一部新聞を抜《ぬ》き出す。そして、いささかゆっくりだったものの、真冬ちゃんは最初の新聞をきちんと配達し終え、俺の方へと帰還してきた。その表情は、実に達成感に満ちている！

「やりましたよ先輩！　真冬は、遂に、やったのです！　感動です！　号泣です！」

「おめでとう、真冬ちゃん。……そのテンションの高さは若干疑問だけど」

「みっしょん、こんぷりーとです！」

「うん、いや、コンプリートではないよね。まだ一軒目だからね」

「ちゃらちゃ、ちゃっちゃっちゃー♪」

「随分あっさり上がるんだね、真冬ちゃんのレベル」

「では、ギルドに報酬《ほうしゅう》を受け取りに行きましょう」

「行くな。バイト舐めるな。あと営業所をギルドと呼ぶな」

「……ここから先は、お前の仕事だぜ……鍵」

「うん、深夏《みなつ》っぽい熱血テンションで俺の肩を叩かないでくれるかな。いくら雰囲気作っても、バトンタッチ早ぇから！　はい、分かったら、次行くよ、次！」

「…………はーい」

真冬ちゃんは不満そうにしながらも、ちゃんと、俺の後についてきた。

次の配達先の前まで来る。なんとなく交互《こうご》がいいのかなと思ったので、ここは俺が新聞を入れに行く。——と、そこは「中目黒《なかめぐろ》」という表札の住宅だった。ただ、ここは別にあの中目黒と関係ない。たまたま、同じ名字の家というだけの話だ。

俺は新聞を取り出すと、いつものように玄関《げんかん》のポストへと突っ込んで——

「先輩の大きいのが、中目黒さんの入り口へと乱暴気味に挿入《そうにゅう》されていきます……」

「おいこらそこの実況者《じっきょう》」

「別に真冬、間違ったこと言ってないです。注意される謂《いわ》れはありません」

「く……なんて後輩だ。ほら、次行くよ、次」

「……先輩は、発射が終わると、冷たくもすぐに中目黒さんに背を向けたのでした……」

「…………」

このバイトがこんなに辛いと思ったのは、今日が初めてな杉崎さんなのでした。

＊

「はい、これ、お給料」

「わぁ！　ありがとうございます！」

なんだかんだとあったバイトがようやく終わり、真冬ちゃんは、所長から封筒《ふうとう》を渡されていた。なぜかバイト仲間の皆さんから、パチパチと拍手《はくしゅ》が漏れる。

真冬ちゃんはぺこぺこと周囲の人々に礼をすると、封筒を胸に当て、笑顔でこちらを向く。

「では、真冬、帰ります！」

「おう、お疲れ様」

皆が一斉に「お疲れー」と声をかける。真冬ちゃんは……なんだか、とても嬉しそうだった。多分それは、きっと、お金を貰えたから……というだけの理由じゃ、ないのだろう。

「真冬ちゃん、送ってこうか？」

俺がそう声をかけると、真冬ちゃんは「いえ」とそれを断った。

「近所のゲームショップさんに寄って帰りますから！　フラゲ出来ないか見てきます！」

「そう。じゃあ、お疲れ様」

「はい、お疲れ様です。今日は、ありがとうございました！　じゃ！」

そう言うと、真冬ちゃんはカバンを持って、かなりの速度で走っていってしまった。

……あの子は、目的によって体力が変動するのだろうか。

真冬ちゃんの背を見守り、そして、自分も帰り支度を始める。そうしていると、所長に

「杉崎君」と声をかけられた。

「本当に、よかったのかい？」

「？　なにがですか？　あ、送らなくてですか？　確かに、送り狼《おおかみ》にはなりたかったですが……」

「そうじゃなくて。……生活、厳《きび》しいんだろう？」

「ああ……。そのことですか」

俺が苦笑いすると、所長は少し心配そうに俺を見る。

「うちも、必要以上の人員にバイト代を払《はら》うわけにはいかなくてね……」

「ああ、いいですよ、当然のことですから。むしろ、ありがとうございました。俺の頼み通り、バイト代、ちゃんと所長の手から彼女に渡してくれて」

「でもあれは、キミの――」

「ああ、いいんですよ。真冬ちゃんは頑張ったけど、俺は今日、バイトしてないんで」

「？　なにを言ってるんだい？」

首を傾げる所長に……俺は、笑顔で、返した。

「今日は俺、真冬ちゃんのおかげでめちゃくちゃ楽しかったですから。これでお給料なんか貰ったら、バチがあたるってもんですよ」

＊

同日　とあるゲームショップにて交わされた会話記録

「これ、下さいです！」

「あ、椎名さん。いつもありがとうございます。ええと……あれ？」

「どうしましたですか？」

「いえ、椎名さんにしては、珍しいソフトだなと思いまして。これ、対戦プレイ前提の、ファミリー向けソフトじゃないですか。いつもＲＰＧとか、一人用ばかりなのに……」

「そうなのです。真冬も、直前まで買うつもりじゃなかったんで、お金の工面に苦労したのです……。それはそれは壮絶で過酷なバイトを、してきたのです……」

「そ、壮絶で過酷なバイトですか。……これ、そこまでするほど高価かな……」

「とにかく、それ、下さいです」

「はい。では、お会計させて頂きます」

「……わくわく」

「それにしても、どうしてまた、急にこのソフトを？」

「え？　えと……それは……あの……」

「？　どうされました？　顔がちょっと赤いですが……」

「そ、そんなことないです！　ぜ、全然、そんなことないです！」

「はぁ」

「べ、別に、どうしても一緒にゲームして遊びたい先輩がいるとか、楽しく遊んでくれそうな先輩さん達が出来たとか、そういうことじゃ、ないのです！」

「そ、そうですか」

「いいから、商品下さいです！　で、ではっ！」

「あ、椎名さん！　前から予約されてた大作RPGの方はいいんですか——って、行っちゃった。椎名さんがRPGを疎《おろそ》かにするなんて……ホント、珍しいこともあるもんだなぁ」

【椎名深夏の月末】

あたしには対人運が無いのではないか。

ゴールネットを突《つ》き破るシュートを放ちながらも、あたしはボンヤリとそんなことを考えていた。

例えば、今のこの状況だ。

どうしてあたしは、放課後だというのに、生徒会室にも向かわず女子フットサル部の助《すけ》っ人《と》をしているんだ？　正直、あたし自身にもよく分かっていない。

特に、今日の生徒会をあたしはとても楽しみにしていたハズだ。なんせ、妹の真冬《まふゆ》が珍しく皆で遊ぶためのゲームを買ったから、今日はそれで遊ぼうという話だったのだ。

……ま、まあそれが生徒会として正しい活動かどうかはさておきだ。掃除が終わったらすぐにでも生徒会室に向かおうと思っていたのは、事実。

それがなぜ、あたしは、放課後まで全く予定にもなかった、フットサルに興じているのか。

ゴールネットの修復が行われ、試合が再開される。あたしはすぐまた遠慮無く攻《せ》め、相手のキーパーの子に当たって怪我《けが》をさせないようには気を付けつつも、強烈《きょうれつ》なシュートをネットへと叩《たた》き込《こ》む。そうして計三回ネットを破ったあたりで、流石にキャプテンがタイムをかけ、あたしをベンチへと引っ込ませた。……若干まだ動き足りなかったが、仕方ない。

「深夏《みなつ》、もういいわ。あとは、私達でなんとかなると思うから」

キャプテンがあたしの肩に手を置いてくる。

「そっか。じゃあ、あたし、戻るぜ」

「うん。ありがとうね。おかげで、あいつらに一泡《ひとあわ》吹かせてやれたわ」

「だったら良かった。ま、基本は自分達の力で勝たなきゃ駄目だけどな」

「ええ分かってる。ここから先は任せて。今日は、ホントありがと」

「いいよ、別に。じゃ、あたし行くから」

「うん、またねー」

「おう」

あたしは部員達に軽く挨拶を済まし、ようやく、フットサルの練習試合会場である体育館から抜け出した。

「ふぅ」

廊下を歩きながら、思わずため息。別に、参加したことを後悔《こうかい》しているわけでもないが、我ながら情けないなと反省はした。妹と、今日は生徒会で楽しく遊ぶと約束していたっつうのに……。

いや、そもそも、どういう流れでこうなったんだ？

ええと、生徒会室へ向かう道すがら、フットサル部のキャプテンに捕まり、応援を要請《ようせい》され。一回は断ったものの、事情を聞かされたら結局放ってはおけなくなり、試合に参加……ってところだったか。

……もしかしてあたしは、とても意志が弱い人間なのではないかと不安になってきた。

そして、それ以上に。

やはり、あたしは、こと、「対人運」というヤツに恵まれてないんではないか。

そう考えて自分の周囲の人間を見渡すと、なるほど、驚くほど問題だらけなのに気がついた。トラブルに巻き込まれない方がおかしい。

しかし、流石に今日はもう、あたしの運の悪さもここまでにして貰いたい。

既に生徒会の会議……という名の遊びには、三十分以上遅れている。これはまずい。既にゲーム終わってたりしないだろうな。パーティーゲームって、長時間没頭《ぼっとう》するようなものでもないし……ああ、考えてたら不安になってきた！

あたしは足早に廊下を歩く（走りはしない）と、最短距離《さいたんきょり》で生徒会室へと向か——

「あーら、椎名《しいな》深夏じゃない。お久しぶりですわ」

「……藤堂《とうどう》先輩」

背後からかけられた特徴的《とくちょうてき》な喋り方に、足が止まる。止めざるを得ない。どんなにアレな人だとはいえ、相手は先輩だ。あたしはぎこちなく振り返った。

見れば、そこは丁度新聞部の部室の前だった。最短距離で生徒会室に向かおうとしたのが、逆にあだになったようだ。部室から出てきた藤堂先輩に、丁度見つかってしまった。

彼女はつかつかとあたしの方へと向かってくると、にこっと、いつもの人を妙に威圧する笑みを浮かべてきた。

「ご機嫌ようですわ」

「……どーも」

「……ご機嫌ようですわ、椎名深夏」

「……く。ご、ご機嫌よう……」

うぅ、なんであたしがこんな！　い、いや、我慢だ。この人は、下手《へた》に噛み付くとしつこいからな。この人をあっさりやりすごしたかったら、とりあえず従順にしておくのが正解なはずだ。あたしだって、伊達《だて》に対人運が悪い人生を歩んでない。面倒臭《めんどうくさ》い人間への対処法ぐらい、ちゃんと心得て――

「ぷぷ……くくくっ！　こ、これは傑作《けっさく》ですわ！　あの椎名深夏が、『ご機嫌よう』だなんて！　いいですわ！　これで、明日の記事、一ついけますわ！」

「あんた最低だな！」

前言撤回《てっかい》。駄目だ。この先輩は、対処法云々じゃない。出会った時点で、もう面倒臭いタイプの人だった。

藤堂先輩は、ニヤリと意地の悪い笑みを見せる。

「ところで椎名深夏。貴女、なにやら急いでいるみたいですが」

「そ。あたし、急いでるんだ。分かってるなら、引き留めないでくれ」

「なにをおっしゃるの。『急いでいる人を見たら、捕《つか》まえて、根掘《ねほ》り葉掘《はほ》り話を聞きなさい』と、亡くなったお祖母様も言っておりましたわ」

「なんて無責任な教育をするおばあちゃんだ！」

「というわけで、スクープの予感ですわ。取材、よろしいですわね？」

「全然よろしくねぇよ！　って、なにメモ帳取り出してんだよ！」

「まず、お名前からお聞きしたいのですが――」

「椎名深夏だよ！　っていうか、あたし、急いでるって言いませんでしたかねぇ！」

「お時間はとらせませんわ」

「もう充分とられているんだがっ！」

「大丈夫、大丈夫。プライバシーは守りますわ。部室には今、わたくし一人ですから」

「って、腕引っ張るな！　ちょ、そんな、あたしは部室になんか絶対入らないぞ！」

これ以上無駄に時間とられてたまるか！

しかし、藤堂先輩はあたしの腕を放さず、淡々と説得してきた。

「あら、わたくしはいいんですのよ？、貴女がどうしても廊下での取材がいいっていうなら、それでも。……そう、将来の夢がお嫁さんだという件や、杉崎鍵《すぎさきけん》との微妙な距離《きょり》感《かん》について、人前で大声で訊《たず》ねてよろしいというなら――」

「さ、早く部室に入りましょうか」

「素直な子は好きですわ♪」

というわけで、あたしは新聞部室へと引きずり込まれた。もう、なんか、泣きたくなってくる。ゲーム、間に合うだろうか……。

「どうぞどうぞ、寝苦《ねぐる》しいところですが」

「寝ねぇからいいよ別に！」

新聞部室は、イメージ通り雑多な部屋だった。原稿やら過去の新聞やらの書類がそこら中に山積み。壁もまた記事や写真で埋め尽《つ》くされ、室内にパソコンやプリンタが複数台設置されているせいか、配線が床《ゆか》をごちゃごちゃと這《は》っている。

生徒会室もあまり片付いているとは言えないが、これを見たあとだと、あっちが天国に感じられた。ああ……色んな意味で、早く、生徒会室に帰りたいぜ……。

藤堂先輩は部屋の一角のスペースを無理矢理空けると、一つの机を挟《はさ》んであたしと先輩が向かい合うような配置で椅子を並べた。

あたしは仕方なくそこに座り、嘆息する。

「なんでもいいから、早く終わらせてくれ。あたし、今本当に急いでるんだ」

「安心なさいませ。わたくしもプロです。限られた時間でＶＩＰに要点だけ質問出来てこそ、真のインタビュアー。その辺は、心得てますわ」

「で、あたしに何を訊《き》きたいんだよ」

「勿論、生徒会役員としての活動についてですわ」

「あー、そう。だったら、ちゃちゃっと答えられること答えるから、早くその要点とやらの質問に入ってくれないかな」

「分かりましたですわ。では……」

こほんと咳払いし、藤堂先輩は質問態勢に入る。そして――

「ではまず、ご両親の馴《な》れ初《そ》めからお伺《うかが》いしたいのですが」

「話題遠っ！　その調子でインタビューしてたら、本題行くのに何時間かかるんだよ！」

「そうですわね。貴女の人生を追いかけるんで……大丈夫、年内には終わらせますわ」

「密着取材かなんか⁉　とにかく、そんな調子ならあたしは帰らせて貰うぞ！」

「まあ待《ま》ちなさいな、椎名深夏。ほら、あめちゃんあるわよ、あめちゃん」

「釣《つ》られねぇよ⁉　うちの会長さんならまだしも！」

「じゃあ、そうね。鳥○明のサインなんていかがかしら？」

「な――。マジで⁉」

「ええ。ちょっと待って。今書きますわ」

「ニセモノじゃねえかよ！　っつうか、やるならやるで、あたしの目の前で作るなよ！」

「なにを言ってますの、椎名深夏。鳥山○は、わたくしですわよ」

「まさかのどんでん返し！」

「どうも、北のベートーベン、○山明です。やぁやぁ、うぉっほん」

「雑！　あんた鳥○明を知ってさえいねぇだろう！」

「……そ、そんなことありませんわ。ええと……『おっす！　ぼく田村！』」

「なんか知識がざっくりすぎるわ！　誰だ田村って！　とにかく、サイン貰《もら》えねぇならあたしは帰るぞ！」

「本当にいいのかしら？」

「え？」

「あなた、本当にそれで、後悔しないのかしら？」

「…………」

　室内に、唐突にシリアスな空気が漂《ただよ》――

「って、いいよ別に！　なにシリアスムードに持ってこうとしてんだよ！　ここで帰っても失うもんとか別にねぇし！」

「ちっ。漫画好きにはたまらない展開だと思いましたのに……」

「漫画好き舐《な》めんな！　とにかく、あたしは行くからな！　じゃあな！」

　あたしは部室のドアを開き、こんな所からはさっさと出て行こうと――

「待ちなさい、椎名深夏」

「なんだよ！」

　また声をかけられて、振り返る。そこには……なぜか、手を組み、瞳をうるうるさせた藤堂先輩がいた。それは……まさに、物語のヒロイン的振《ふ》る舞《ま》い！

「……必ず、帰って来てね……」

「……藤堂先輩……。ああ！　任せておけ！――って、なんでだよ！　なんであたしはここに帰って来なきゃいけないんだよ！」

「ち……最終決戦前夜的テンションで押せば、落ちると思いましたのに」

「漫画好きを弄《もてあそ》ぶのやめてくれねぇかなぁ！　とにかく、じゃあな！」

「はーい。仕方ありませんわね……。じゃあ、また、そのうち家の方にお伺《うかが》い致しますわ」

「ああ、そうしてくれ……って、来んな！」

「大丈夫、物陰《ものかげ》からこっそり室内を激写するだけですわ」

「余計来んな！」

あたしはそう捨てゼリフを吐きながらも、競歩で新聞部室を後にした。

＊

藤堂先輩のせいで、約十五分程時間をとられてしまった。もう会議が始まってから計四十五分。流石に、一時間遅《おく》れは免れたい。

廊下は走らないように……とは言うものの、放課後だし、他の生徒も少ないんで、あたしは、極めてダッシュに近い競歩で歩いた。大丈夫。速度は常人の全力ダッシュ以上だが、あくまで競歩だ！　校則違反じゃない！

廊下を、一陣《いちじん》の風が吹き抜《ぬ》ける！

よし、生徒会室が見えてきた！　ゴールはすぐそこ――

「あら、深夏。そんなに急いで、どうしたのよ」

「…………」

無視しようかと思ったが、しかし、この声の主にそんな対応した日には、後々余計に面倒なことになるのが目に見えている。

あたしは競歩をやめ……声の主を、振り返った。彼女は、相変わらず無駄に自信に満ちた足取りで、こちらにツカツカと寄ってくる。

「放課後に会うなんて、珍しいわね、深夏」

「……巡《めぐる》」

そこにいたのは、クラスメイトの宇宙《うちゅう》巡だった。芸名、星野《ほしの》巡。売れっ子アイドルだ。

だからこそ、確かに放課後学校で会うのは珍しいことだった。彼女は仕事が詰《つ》まっているし、あたしは運動部や生徒会に顔を出しているしで、クラス以外での接点は無いに等しい。

それが……どうして今日に限って、ばったり出会ってしまうのか。

ま、性格がアレなところがあるとはいえ、彼女はあたしのクラスメイトで一応親友。忙しいと言えば、すぐに解放してくれることだろう。

あたしは、ちらりと生徒会室の方を見て、巡に告げた。

「わ、わりぃ、巡」

「ん？　なによ」

「いや、あたし、見ての通り急いでるんだ」

「らしいわね。風になってたわよ、貴女。私じゃなきゃ、止められなかったわね」

出来れば止めないでほしかったんだが。

「そうなんだ。ほら、生徒会の会議に遅れてて……」

「あー、そうね。そろそろ会議の時間だものね」

「ああ。だから、わりぃけど――」

「……そっか、会議の時間か。……あそこに、今、杉崎がいるわけね……」

「巡？」

なんだ。巡が、あたしの話を全く聞いてくれていない。なぜか、生徒会室の方を見て、ぼんやりしてしまっている。ええと……行って、いいのだろうか。

あたしがそっと足を踏《ふ》み出そうとしていると、唐突に、巡が「ねえ」と声をかけてきた。

あたしは、びくんと反応してしまう。

「な、なんだ？」

「生徒会って……楽しい？」

「へ？　え、あー、そーだな……。楽しいっちゃ、楽しいかな」

あのカオスな生徒会を、素直に楽しいと言うのも、若干抵抗《ていこう》があるけど。

「そう……。……いいわね、深夏は」

「え、あ、ああ……。……えと、じゃあ、あたしはそろそろ――」

「杉崎は、どんな感じ？」

「は？」

「だから、杉崎の様子よ！　生徒会で働いている時の杉崎って、どんな感じなの？」

「ど、どんな感じって……まあ、セクハラばっかりかな」

「そう……羨ましいわね」

「なにが!?」

「ハッ！　べ、別に、杉崎が気になってるわけじゃないのよ!?　な、なんとなく訊いただけなんだからね!?」

「は、はぁ。……えと、巡。だから、あたし、そろそろ会議がな……」

「でも、み、深夏がどうしても生徒会での杉崎の様子を喋《しゃべ》りたいって言うんだったら、うん、聞いてあげないことも、ないわよ」

「は？」

「……さ、じゃあちょっと、お茶しに行きましょうか」

「はぁ!?」

「ああ、大丈夫よ、深夏。任せて。今、タクシー呼ぶから」

「ちょ、なに勝手に話進めて――」

「大丈夫大丈夫。ほら、局から多めにくすねたタクシーチケットあるから」

「いや、そういう問題じゃなくて！　あたし、会議が――」

「そう、うちの学校、お願い……と。じゃ、校門前にタクシー呼んだから、早速行くわよ」

「いや、巡。あの、珍しくお前から誘ってくれるのは嬉しいんだけど、あたし――」

あたしが、今日ばかりはハッキリ断ろうとしたその時。巡が、本当に自然に、口元を綻《ほころ》ばせた。

「ふふっ。やっぱりいいわね、学校は。たまには休み、貰ってみるもんだわ。久々に、くだらない仕事じゃない、楽しい放課後が過ごせそうね」

「…………」

「ほら、深夏。行くわよ！」

「……あ、ああ」

神様。あたしはやっぱり、意志が弱い、駄目人間です。

ふだんしかめっ面の親友がちょっと笑っただけで、もう何も言えなくなります。

＊

あ、あれから丁度一時間ぐらいか。この……碧陽《へきよう》学園に、帰って来るまで。

あたしは下駄箱《げたばこ》で再び上履《うわば》きを履《は》きながら、備え付けの壁掛《かべか》け時計を見て、嘆息していた。

いや、頑張った方だぞ、あたし！　よく喋る女友達と喫茶店入って、一時間弱で出て来られるなんて、奇跡みたいなもんなんだぞ！

しかし、なんだったんだ、巡のあれは。終始、鍵の話ばっかりだったな。思えば、巡とは鍵の話をする機会が多いように思う。かといって、あたしが鍵のことを率先して語ると、たまに不機嫌になったりもするし……ううん……謎だ。

ハッ！　まさか、巡のヤツ！　鍵のことが……鍵のことが……。

「本気で憎《にく》いのか⁉」

そっか……流石、人の感情に鋭《するど》いあたしだぜ。

常人なら気付けないであろうことに、気付いちまったぜ……。悲しいな……親友の、心の奥底《おくそこ》から湧《わ》き上がってきているのであろう、その、ドス黒い殺意。

考えてみれば、憎む対象の生活を調べるのは、当然のことだもんな。そして、必要以上に憎い相手の話を聞かされれば、不機嫌になるのも当然のこと。そっか……ごめんな、巡。気付いてやれなくて。

そんな後悔を胸に抱《いだ》きながらも、あたしは、一旦それは忘れ、再び生徒会室に向けて歩き出した。

会議開始から、二時間弱か……。プレイ時間的には、そろそろ十五分の休憩に入るタイミングだ。やばいな……行ったら、ジャストで終わってる可能性が高い。

………。

い、いや、諦めるな、椎名深夏！　せめて！　せめて、第二ラウンドには間に合うように、生徒会室へ行こう！　ベストをつくせ！　闘志《とうし》を燃やせ！　最後の最後まで、諦めるな！　それが熱血道ってものだろ、椎名深夏！

しかし、ここまで来たら、逆に小走りにもならなかった。あたしは、悠然《ゆうぜん》と、ただただ、生徒会室に向けて歩行する。あたしも学んだのだ。さっきから……急いでいることで、逆に目立って、声をかけられている気がする。

ならば、ここは、周囲の空気に紛《まぎ》れるかのように、ゆったりと、歩こうではないか。

ここまで遅れたんだ。もう、数秒の違いぐらい、些細《ささい》なこと。

あたしは焦る心を抑え、ただただ、ゆっくりと、歩いた。

「……よし！」

それが功を奏したのだろうか。

あたしは……あたしは、遂に、生徒会室の前まで、たどり着いた！

「な……長かった……」

かつて、生徒会室までの距離をここまで遠く感じたことがあったろうか。

あたしは、押《お》し寄せる感動と涙を必死に堪《こら》えながら。

ようやく、生徒会室の戸に手をかける——

「おお、椎名（姉）。今から会議か？」

「？　ああ、真儀瑠《まぎる》先生」

入室直前に誰かと思えば、顧問《こもん》の真儀瑠先生だった。とりあえず、邪魔の類ではなさそうだ。あたしは安心して、先生の方を向く。

「先生も、今から参加ですか？」

「ああ、そうだ。仕事が一段落してな」

「そうですか。じゃ、一緒に行きますか」

「だな——と、ちょっと待て、椎名（姉）」

戸を引こうとしたところで、制止される。あたしは意味が分からず、先生を振り返った。

「はい？　なんです？」

「生徒会で思い出したが……お前のクラス、まだレポート提出してないだろ」

「へ？　レポート？　提出？」

「ああ。ほら、今月初め、生徒会で決まったじゃないか。碧陽学園大図鑑《だいずかん》を作ろう、とかいう企画が」

「ああ、ありましたね。あれ、大変だったなぁ……あたしの担当、うちの運動部の全試合記録調査とか言われて。分かる限り過去まで遡《さかのぼ》らされるわ、練習試合も全部調査させられるわ、果ては統計による他校との相性まで算出させられるわ……ホント、大変でした」

あれは、今思い出してもため息が漏れる。あの会長さんが暴走するのはいつものことだが、あれがここ最近では一番の大仕事だった。

あたしが「やれやれ」という表情をしていると、なぜか、真儀瑠先生は、何かを言いにくそうに顔をしかめた。

「え……と。なんか……こう、その話聞いた後だと、凄く言いづらいんだが、椎名（姉）」

「はい？　なんですか？　あ、レポートがどうとか言ってましたけど……」

「いや……その、な。……なんていうか……」

珍しく、真儀瑠先生の歯切れが悪い。急いでいるのもあって、少々苛立《いらだ》ち気味に「だから、なんですか」と訊ねる。すると……彼女は、ばつが悪そうに、答えた。

「あの企画、役員だけじゃなくて、各クラスごとにも仕事割り当てられただろう。月末……具体的には、明日を期限として」

「――――」

　思考がぴたりと止まる。代わりに、汗が、全身の毛穴という毛穴から噴《ふ》き出し始める。

「で、確か二年B組の担当は、学園生徒の全人物相関図作成にあたっての、調査レポートだったと記憶しているが……」

「…………」

「えと……まさか、明日という締切《しめき》りを目前にして、全く手をつけてないなんてこと……ないよな？」

「…………」

「……それどころか、委員長として、作業があることをクラスメイトに通達さえしてないなんてこと……ないよな？」

「…………」

「ちなみに、クラスの分担の件が決定した時、杉崎のヤツは他の調査に出ていたから、この件を知らされているのは委員長たるお前だけだったと記憶しているが……」

「…………」

「つまり、お前が言ってないと、二年B組のメンバー、誰もそんな仕事があるとは知らないわけだが……」

「…………」

　ダラダラダラダラダラダラダラダラダラダラダラダラダラダラダラダラダラダラダ
ラダラダラダラダラダラダラダラダラダラダラダラダラダラダラダラダラダラ！

　フットサルの練習試合でも汗一つかかなかったあたしだというのに、尋常《じんじょう》じゃない汗が
止めどなく湧いてくる。

　真儀瑠先生もまた、そんなあたしの様子に影響《えいきょう》されてか、汗をかき始めていた。

　ごくりと喉を鳴らした後……恐る恐るといった様子で、確認してくる。

「……椎名（姉）。お前……完全に、忘れてたな？」

「！」

「い、いや、確かに、お前の仕事は大変だったし、普段の活躍を見ても、同情には充分値
するが……いや、しかし、それにしたって、お前……」

「…………」

「ま、まあ、ここは、素直に桜野《さくらの》に謝れば――」

「……やります」

あたしは、ようやく、喉から声を絞り出した。真儀瑠先生が、「え？」と首を傾げる。

「や、やるって。お前、いくらなんでも、今からじゃクラスメイトも……」

「いや、一人で、やります！　これはあたしの責任だ！　一人で、やりますよ！　ああ、やってやるってんだ！　やりゃあいいんでしょ！　にゃあああああああああああああああああああああああああああ！」

「こ、壊《こわ》れるな、椎名（姉）！　正気を取り戻《もど》せ！　おい、椎名（姉）⁉」

「うにゃぁあああああああああああああああああああああああああああああああああ！」

あたしは先生の制止も振《ふ》り切って、生徒会室前から駆《か》けだした！

……ゴールは、まだまだ遠そうだ。

＊

とりあえず、無人の二年Ｂ組の、自分の席まで戻ってきたものの。

全く、何をしていいのか分からなかった。

「全校生徒の……人物相関図……」

机に手をつき、がっくりと項垂《うなだ》れる。従来の予定通りクラス一丸となって、一ヶ月かけて作業したところで、そもそも厳しい調査作業だ。

それを。今から。あたし一人で。明日までに。

…………。

時計を見る。もう。会議開始から二時間三十分。絶望でぼんやりしている間に、また数分経過していたらしい。……あたしはもう一生生徒会室に入れないんじゃないか。そんな、妙な不安まで湧いてくる始末。

「……とりあえず、動かないと」

なにかしなければ。

あたしはケータイを取り出し、まず、自分の友人から電話をかけ始めた。そしてその生徒の知る限りの学園の人間関係を訊《き》いて、メモをとる。また他の生徒に電話しては、その生徒が知る限りの人間関係を訊ね、メモをとる。それの繰《く》り返し。

しかしこれがまた、観点が違えば関係性の捉え方も違うから、証言を聞けば聞くほど、情報が複雑化していく。

つまり。

作業が、膨大すぎた。もはや、あたし一人の手に負えることじゃあ、ない。

「……やべぇ」

激しい後悔。痛みを伴う反省。完全に、あたしのミスだった。あたしの過失すぎて、人を頼《たよ》る気にもならない。元はクラスに割り当てられた仕事とはいえ、この状況の全責任はあたしにある。クラスメイトに応援を要請なんて、出来ない。出来るはずもない。

実際、今の調査も二年B組のメンバーを避けて行っていた。下手に電話して、状況がバレるわけにはいかない。彼ら、彼女らには、なんの過失もないことなのだから。気にさせたくはない。

でも、だったら……

「はぁ……弱音《よわね》、吐いてる場合じゃねえよな。無茶でも、やるしかねぇ」

いくら会長さんの横暴から始まった企画とはいえ、もう動き出してんだ！　皆、それぞれの仕事を果たしてんだ！　だったら、あたしがそれを果たさなくていいわけがない！

それに……「あいつ」の普段の頑張《がんば》りを、あたしは、いつだって間近で見てきた。

それに比べたら、この程度の作業、なんだっていうんだ！

負けるな、椎名深夏！　お前は、こんなところで足を止める女じゃねえだろ！

あたしは、自分の頬をはたいて気合いを入れ直した！

「よし、やるか！」

「そうね」

「うっしゃ！　じゃあ、まずは調査に徹《てっ》しよう！　情報をまとめるのは、それからだ！」

「ええ、それが効率いいんじゃないかしら。ほら、守《まもる》、あんたもさっさと電話しなさい。あ、来たわね、善樹《よしき》。そう、調査だって。今日中《きょうじゅう》に。ええ、彼も来るって。……なに急にやる気出してんのよ。まあ、気持ちは分かるけど」

「…………」

…………？　なんだ？　なんか、妙に違和感が――

「深夏、ぼーっとしてないで手動かしなさい」

「ああわりぃ……って！」

気付けば、そこには当然のように、宇宙姉弟と善樹が居た。あたしの机の周りに、いつもの休み時間にたむろする感じで集まっている。あまりに自然で、無意識に受け入れてしまっていたぐらいだ。

巡が、うざったそうにあたしを見る。

「なによ、深夏。急に大声出して」

続いて、守や、善樹まで文句。

「そうだぜ、深夏。今オレ電話してるんだから、ちょっと静かにしてくれよ」

「放課後の教室であんまり騒ぐのは、よくないと思うよ、深夏さん」

「いやいやいやいや！　なにしてんだよ、お前ら！」

あたしの言葉を無視し、彼《かれ》らはそれぞれ電話やメモ帳を手にとって、まさに今からあたしがやろうとしていた作業を、効率よく分担して処理している。

あたしの疑問に、巡がとても面倒臭そうに応じた。

「うっさいわねぇ。相変わらずテンションが高すぎんのよ、あんた」

「いや、だって、お前ら……」

「なにを驚いてるのか知らないけど。これから二年B組全員集合するんだから、いつまでも動揺してないで、委員長らしく、ちゃんとリーダーシップとりなさいよ？　私、そういう面倒臭いのはパスだからね」

「は!?　ちょ、いや、これ、何がどうなって――」

「ばんはー！」

「おお、ばんはー」

あたしが戸惑《とまど》っている間にも、クラスメイトが、どんどん増えてきていた。皆自分の席のあたりに腰を下ろすと、ケータイとメモを取り出して、調査作業を始める。あたしは何も言ってないというのに、勝手に作業分担なんかも始めて、膨大な作業を処理していく。

それどころか、更には……。

「お～ほっほっほっほ！　ほぉら、持って来てやりましたわよ、愚民《ぐみん》共！　我が新聞部の、血と汗と涙と努力と脚色《きゃくしょく》と捏造《ねつぞう》と悪意とフィクションの結晶《けっしょう》たる、㊙調査資料を！」

「藤堂先輩⁉」

なぜか、藤堂先輩までうちのクラスにやってきていた。彼女は手に持ったファイルをあたしに放る。慌《あわ》ててあたしがそれを受け取ると、彼女はニィッと笑った。

「これで一つ貸しですわよ、椎名深夏！　また取材、させて貰いますからね！」

「え？」

「生憎《あいにく》、鳥山○のサインは用意出来ませんけどね」

「藤堂先輩……」

あたしが見つめると、先輩は照《て》れたかのようにぷいっと顔を逸らし、なぜか教室の外にまで引き連れてきたらしい新聞部のメンバー達に向かって、指示を飛ばし始めた。

「ほーら、部員達！　キリキリ情報を集めて来なさい！」

「……せ、先輩……。あたしなんかに無償でそこまで協力してくれるなんて……。あたし……あたし、先輩のこと、ちょっと勘違い――」

「二年B組に協力しているという大義名分の下、この機会に踏《ふ》み込《こ》んだ、必要以上の調査をしますわよ！　だーいじょうぶ！　なにかあったら、責任は椎名深夏任せですわ！」

「うん、キャラの勘違いは特にしてなかったみたいだけど。ま、まあ、その、一応、ありがとうございます」

「ふん！　感謝なら、あの忌々《いまいま》しい生徒会のメンバーにするんですわね！」

「え？」

先輩はそんな謎の捨てゼリフを残して去っていってしまう。ぽけーっとその様子を見守っていると、今度は、彼女が去った教室の入り口から、小さな顔がひょこっとこちらを覗いてきた。

「やっほー、深夏。おお、やってるねぇ〜」

「か、会長さん⁉」

それは、本来ここに居るはずのない人間だった。それだけでも驚《おどろ》きなのに、その後ろから他のメンバーまでぞろぞろと教室に入ってくる。

「お姉ちゃんの教室入るの、久々です」

「二年生の教室……なにか、空気が懐《なつ》かしいわね」

「お、ちゃんと集《あつ》まってんな、皆」

「真冬、知弦《ちづる》さんに、鍵まで！　な、なんで……」

もう、何がなにやらさっぱりだ。

戸惑《とまど》うあたしに、鍵が不思議そうに答えてくる。

「なんでって。少なくとも俺は、二年B組の人間なんだから、クラスの作業手伝って当然だろ」

「い、いや、そうじゃなくて！　そもそも、これは、あたしのミスで……」

「？　さっきから、お前は何を言ってるんだ？」

「な、なにって……」

意味が分からず戸惑っていると、鍵はすぐ傍《そば》に居た巡に声をかけた。

「なあ、巡。深夏は、何言ってんだ？」

「さあ。私が来た時からこの調子なのよ。まったく、わけ分からないわよ」

「いや、わけ分からんのはお前らだよ！」

思わず叫んでしまったあたしに。

クラスの喧噪が、一瞬、ぴたりとやむ。

あたしは「どうして」と彼らに疑問をぶつけた。

「なんで、皆ここに居るんだよ！」

あたしの真剣な剣幕《けんまく》に静まりかえってしまった室内で……おどおどしながらも、善樹が「なんでって……」と遠慮がちに答えてくる。

「ええと、ボクは守君に連絡《れんらく》貰ったからだけど。深夏さんが困ってるからって」

その言葉に、あたしは守の方へと視線をやる。彼はちょっと狼狽《ろうばい》した様子だった。

「え、や、お、オレは、姉貴に連絡貰ったから……それに深夏に会えるし……ぶつぶつ」

今度は、巡に視線をやる。

「あたし？　あたしは杉崎から連絡貰ったから、守にクラスメイト全員に連絡回すよう指示しただけよ」

「なんで……」

「なんでって。杉崎の頼みを私が断るわけ……って、こほん。そ、そうじゃなくて。だって、深夏、困ってたんでしょ？　クラスの仕事が片付かなくて」

「そ、そうだけど……でもそれは、あたしの責任だから……」

そう答えるあたしに。今度は、鍵が「おいおい」と呆れた様子で声をかけてきた。

「お前は、ホント、さっきから何を言ってるんだ」

「なに言われてんのか分かんないのは、こっちだ！　そもそも、鍵！　お前、なんでここに――」

あたしの数々の疑問に。

鍵は、ホントになにを怒られてるのか分からないといった様子で、告げてきた。

「そりゃ皆、深夏が困ってたら助けに来るに決まってるだろう」

「……え？」

その、あまりに、あっさりした理由に。あたしは、思わず拍子抜《ひょうしぬ》けしてしまう。

「え、じゃねえよ。お前はさっきから、なんなんだ。『なんでなんで』って。お前、世の中、全部理由説明してたらキリがないぞ」

「いや、だって、こんな時間に、こんなに集まって……」

「おいおい、こんな時間の作業になったのはお前のせいだろうが」

「あ、す、すまん。……いや、だから、これはあたしの責任で……」

「んなのは知ってるって。だからこうして、皆で作業してるんだろうが」

「…………」

「…………」

「いや、話が繋《つな》がってなくないか？」

「だから、何がだよ！」

鍵が本気でイライラしているようだ。わ、わけが分からんのはこっちなんだが！

あたしが首を傾げると、鍵だけじゃなく、クラス中の皆が「やれやれ」といった空気になっていた。ついには、あたしを無視して、また作業を再開してしまっている。

あたしが全く納得いかずにいると……傍までポテポテと寄ってきた会長さんが、元気よくあたしに声をかけてきた！

「深夏！」

「は、はい？」

「みんなは一人のために！　一人はみんなのために！　なのよ！」

「……はぁ？」

「今日の名言！　深夏はいつも皆のために働いてるんだから！　みんなも、深夏のために働くの！　ＪＫ！」

「ＪＫ？」

「常識的に考えて、の略だよ！　さっき真冬ちゃんから聞いた！」

「ああ……相変わらず、状況考えないで覚え立ての言葉乱用すんなぁ」

「う、うるさいわね！　とにかく！」

会長さんは仕切り、なぜか偉そうに胸を張って、告げてきた。

「逆に、ここに居るメンバーが困ってるの見かけたら、深夏は助けに行くでしょう？」

「そりゃそうだぜ」

即答《そくとう》。あたしの答えに、会長さんは、親指をぐっと上げる！

「そういうことだよ！」

「？　いや、だから、あたしのことじゃなくてさ。あたしが訊きたいのは、なんで皆があたしの作業手伝ってくれるのかってことなんだけど……」

「……ダメだこの子……」

なんか会長さんが残念な子を見るような視線でこちらを見ている。か、会長さんにそんな風に見られるなんてっ！　しかし、知弦さんも真冬も苦笑するだけで、全然フォローしてくれる様子が無い。な、なんだよ！　あたし、なんかバカにされてる⁉

「ほら、なんでもいいから、深夏も作業するする！　自分の作業でしょ！」

「あ……ああ！　そうだった！　おい、お前ら、それはあたしの作業だぁ！」

会長さんに促され、あたしはすぐに作業に戻る。なんだか分からんが、とにかく、こうなっている以上は、自分も全力を尽くさなきゃならねぇ！　考えるのはそれからだ！

その後、なぜか今度は運動部の連中が続々と手伝いに来たりして、恐ろしいもんで、人海戦術にもの言わせた結果、作業は二時間かからずに終わってしまった。あたしが一人で徹夜《てつや》を覚悟していたのは、ホント、なんだったんだ。
そして、現在はと言えば……。
「というわけで！　作業終了記念、さくっとゲームたいか――――――い！」
『うぉおおおおおおおおおおおおおおおおおおおおおお！』
「ぷれぜんてぃっど、ばい、椎名真冬ぅ――――――！」
「どもども、です」
『うぅおおおおおおおおおおおおおおおおおおおおおお！』
なぜか、今や、作業に集まった全員でのゲーム大会まで催《もよお》されていた。
……ホント、意味が分からない。
皆が、なんであたしの作業を手伝ってくれてんのか。
決して楽な作業じゃないのに、どうして誰も不平不満一つ漏らさないのか。
なにより、全員疲れ切っているハズなのに、どうしてこんなに笑顔なのか。
……この学校は、相変わらず変わってる。
変なヤツらばかり集まって、変なことばっかりして、変な問題ばかりおこして。
あたしはいつも、その妙なテンションの高さに押し切られてしまうばかりで。
でも。

今、一つだけ、確信出来たことがある。

それは――

「おい、深夏！　真冬ちゃんの買ってきたゲームやろうぜ！　お前、楽しみにしてたんだろ？　俺達も、お前来るまで生徒会室でパッケージさえ開けずに待ってたんだからな！　早く遊ぼうぜ！」

「………………ああ！」

――あたしの対人運は、最高だってことだ。

私立碧陽学園生徒会

Hekiyoh School student council

あとがき

どうも。他の方のあとがきを読むと、「うん、社会人って本来、そういう文章書くもんだよね」と反省する葵《あおい》せきなです。私もそろそろ、「威《い》厳《げん》ある作家さん」っぽいあとがきを書いてみたいものです。「我《わ》が輩《はい》が心血《しんけつ》を注いだ渾身《こんしん》の一作、ご堪能《たんのう》頂けたであろうか」みたいな入り方をしてみたいものです。演じるのがだるいのでやりませんが。

さて、それにしても、今回あとがき2ページですって。……逆にやりづらい！　しかしそう担当さんに文句を言ったら「じゃあ18ページでもいいですよ」と言われたので、素直に2ページでお送りしております。いや、あとがきで値段上がってもね……。

そんなわけで、色々簡潔《かんけつ》に書かせて貰《もら》いますと。

アニメ版が二〇〇九年十月からスタートです。七巻は年末発売予定です。10mo《トモ》さんの描く漫画版二巻、十月九日に発売です。よろしくお願いします。

小説の話をさせて貰うと。外伝はこれで「日常」「月末」と二冊出て、シリーズっぽくなってきました。個人的に本編は「生徒会」を、外伝は「学園」を描くというスタンスで書かせて貰っています。ドラマガ連載があったりでこの外伝シリーズも結構コンスタントに出ていくと思うので、是非《ぜひ》付き合って頂けると幸いです。

あとこのシリーズは、基本「コスプレ表紙」ということで統一されています。なので、必ずしも内容と関係するわけでもなかったりします。ご了承《りようしよう》下さい。

私の近況はと言えば。このあとがき書いているのは七月中旬なのですが、そろそろ、心が折れそうです。何にって、夏に。北海道人に対する、関東の夏に。

昼間から部屋のカーテンを閉め切ってクーラーかけるという末期状態ですが、もう、なりふりなんか構ってられません！　たとえそれがどんなに不健康的だろうとも っ！

あ、なるほど。これが世に言う「一夏の過《あやま》ち」ってやつなのでしょうね。ふぅ……今年も私、激しく青春しちゃってるぜ☆

では最後に謝辞《しやじ》をまとめて。

夏を生き抜く理由をイラストでくれる狗神煌《いぬがみきら》さん、溶《と》けてる私にさえ小説を書かせる敏《びん》腕《わん》担当さん、こんな暑いのにバシバシ生徒会関連の企画を立ち上げてくれる関係者様、そしてそして、溶けた人の小説を読んで下さる読者様。皆さん、ありがとうございました。

今後も本編、外伝共にお付き合い頂けたら、幸いです。

葵　せきな

【初出】

のっとる生徒会	ドラゴンマガジン2008年9月号
祝う生徒会	ドラゴンマガジン2008年11月号
アニメ化する生徒会	ドラゴンマガジン2009年3月号
会長の手紙	ドラゴンマガジン2009年1月号付録
二年B組の姫君	ドラゴンマガジン2009年1月号
二年B組の下心	書き下ろし
杉崎鍵の放課後	書き下ろし
椎名真冬の月末	書き下ろし
椎名深夏の月末	書き下ろし

富士見ファンタジア文庫

生徒会《せいとかい》の月末《げつまつ》

碧陽学園生徒会黙示録２

平成21年９月25日　初版発行

著者――葵《あおい》せきな

発行者――山下直久

発行所――富士見書房

〒102-8144

東京都千代田区富士見1-12-14

http://www.fujimishobo.co.jp

電話　営業　03(3238)8702

　　　編集　03(3238)8585

印刷所――暁印刷

製本所――BBC

ISBN978-4-8291-3440-5 C0193

大賞賞金 300万円!
ファンタジア大賞作品募集中!
きみにしか書けない「物語」で、
今までにないドキドキを「読者」へ。
新しい地平の向こうへ挑戦していく、
勇気ある才能をファンタジアは待っています!
大賞 300万円
金賞 50万円
銀賞 30万円
読者賞 20万円
［募集作品］
十代の読者を対象とした広義のエンタテインメント作品。ジャンルは不問です。未発表のオリジナル作品に限ります。短編集、未完の作品、既成の作品の設定をそのまま使用した作品は、選考対象外となります。また他の賞との重複応募もご遠慮ください。
［原稿枚数］
40字×40行換算で60〜100枚
［応募先］
〒102-8144
東京都千代田区富士見1-12-14
富士見書房「ファンタジア大賞」係
締切は毎年
8月31日
（当日消印有効）
選考過程＆受賞作速報はドラゴンマガジン＆富士見書房HPをチェック！
http://www.fujimishobo.co.jp/
第15回出身
雨木シュウスケ　イラスト：深遊（鋼殻のレギオス）